Honoré de Balzac war Asket und Gourmet, Hungerleider und Vielfraß in einer Person. Nach Phasen strengster Arbeitsdisziplin und Abstinenz stürzte er sich in wahre Fresszüge durch die Feinkostläden, Märkte und Bäckereien von Paris. Dabei entdeckte er auch das Restaurant für sich, das sich zunehmend als öffentlicher Ort des kulinarischen Genusses etablierte: Nicht nur diente es ihm als ideale Bühne für die Inszenierung seiner Sittengemälde – sondern auch als perfekter Ort für seine ganz persönliche Lust am exzessiven Essen.

Die Austern des Monsieur Balzac ist mehr als eine Biografie. Es ist eine Liebeserklärung an das Paris des 19. Jahrhunderts, das hier in all seiner sinnlichen Pracht wiederaufersteht. Ein Buch, das Heißhunger weckt – auf die Stadt, auf Balzacs Romane und auf das Leben.

Anka Muhlstein wurde 1935 in Paris geboren. Zusammen mit ihrem Mann, dem Romancier und Anwalt Louis Begley, lebt die Historikerin und Autorin seit 1974 in New York. 1996 wurde ihr der Prix Goncourt verliehen. *Die Austern des Monsieur Balzac* wurde von der Zeitschrift *DAMALS* als ›Das historische Buch des Jahres 2011‹ ausgezeichnet.
Zuletzt erschienen von ihr im Insel Verlag: *Königinnen auf Zeit. Katharina von Medici, Maria von Medici, Anna von Österreich* (it 3132), *Napoleon in Rußland* (2008) und *Die Gefahren der Ehe. Elisabeth von England und Maria Stuart* (2009).

insel taschenbuch 4103
Anka Muhlstein
Die Austern
des Monsieur Balzac

ANKA MUHLSTEIN

Die Austern des Monsieur Balzac

EINE DELIKATE
BIOGRAFIE

Aus dem Französischen von
Grete Osterwald

Insel Verlag

Für Louis

Erste Auflage 2012
insel taschenbuch 4103
Insel Verlag Berlin 2012

Vertrieb durch den Suhrkamp Taschenbuch Verlag
Umschlaggestaltung: bürosüd, München
Satz: Hümmer GmbH, Waldbüttelbrunn
Druck: CPI – Ebner & Spiegel, Ulm
Printed in Germany
ISBN 978-3-458-35803-9

Einleitung

Für einen Schriftsteller, der seine Romanfiguren so oft ins Restaurant schickt, der so viel Zeit in Esszimmern verbringt, den Köchinnen über die Schultern schaut und die besten Adressen für sämtliche Spezialitäten zu kennen scheint, schreibt Balzac erstaunlich wenig über das, was sich auf den Tellern befindet. Nichts in seinem Werk entspricht den bewegten Seiten, auf denen Proust sich an das unvergleichliche Bœuf en Gelée der Françoise, an die Saucen von Madame Verdurin oder die Petits Fours von Madame Swann erinnert; nirgendwo bei Balzac wird die Marmelade so sorgfältig abgeschäumt, wie Kitty und ihre Schwestern es in *Anna Karenina* tun; man bewundert nicht die leidenschaftliche Sorge fürs Detail, mit der Graf Rostow in *Krieg und Frieden* den Ablauf eines Galadiners überwacht. Was Balzac interessiert, ist nicht der Geschmack der Dinge, sondern das Essen als Sittenstudie. Damit unterscheidet er sich von Victor Hugo, dem die Nahrung oder vielmehr die Entbehrung derselben stets dazu dient, das grausame Elend der Armen aufzuzeigen, oder von George Sand, die sich vorzugsweise in eher idyllischen als realistischen Schilderungen ländlicher Mahlzeiten ergeht. In seinem Romanzyklus *Die menschliche Komödie* benutzt Balzac Tischszenen aller Art, um sowohl die Gesellschaft als auch den Charakter seiner Figuren zu beschreiben. Sag mir, wo du isst, was du isst und wann du isst, und ich sage dir, wer du bist.

Auf Balzac selbst angewandt, wäre diese Methode allerdings zum Scheitern verurteilt. Zu exzentrisch waren seine Gewohnheiten. Wenn man die Porträts dieses beleibten Mannes mit dem vorstehenden Bauch sieht, die Schilderungen mancher Essensszenen liest, wie sollte man sich Balzac anders vorstellen denn als unersättlichen Schlemmer, lebenshungrig, gierig nach Geld, nach Frauen, nach Ruhm? Was läge näher als die Vermutung, dass er sein Werk nach dem eigenen Bild erschaffen habe? »Beim Anblick einer Pyramide von Birnen oder schönen Pfirsichen, von denen keine der anderen an Verlockungen nachstand, geriet er beinahe in wollüstige Verwirrung, sodass seine Lippen zu zucken, seine Augen zu funkeln anfingen und seine Hände zitterten. Er pflegte hastig zu essen, ja das Obst verschlang er nur so. Bei Tisch erwies er sich als prächtiger Pantagruelist: Er hatte die Krawatte abgelegt und den Hemdkragen geöffnet, hielt das Obstmesser fest in der Faust ..., lachte ..., platzte los wie eine Bombe ... Dann schwoll seine Brust, die Schultern tanzten unter dem bebenden Kinn ... Er konnte sich schütteln vor unbändigem Vergnügen ..., dass wir oft glaubten, Rabelais im Refektorium der Abtei Thélème vor uns zu haben.«[1] Aber ziehen wir keine voreiligen Schlüsse. Balzac war kein gewöhnlicher Esser.

Er schrieb schnell. Bedrängt von seinen Gläubigern, getrieben von einer überschäumenden Vorstellungskraft, schloss er die Tür, machte sich ans Werk, arbeitete achtzehn Stunden am Tag, und zwei Monate später hatte der Drucker das Manuskript von *Vater Goriot* oder *Verlorene Illusionen* in der Hand. Während seiner Schaffenszeiten trank Balzac nur Wasser, aß Obst, manchmal gegen neun Uhr morgens ein weich gekochtes Ei oder, wenn er hungrig war, mit Butter verrührte Sardinen, etwas Geflügel oder ein Stück Lammkeule am Abend und beschloss seine Mahlzeit mit ein bis zwei Tassen exzellenten schwarzen Kaffees ohne Zucker. Ein Asket also, unser Balzac? In gewisser Weise ja. Aber nicht immer. Kaum war das »Gut zum Druck« erteilt, eilte er ins Restaurant, schlürfte hundert Austern, die er als Vorspeise mit vier Flaschen Weißwein begoss, und bestellte dann das Weitere: zwölf Lammkoteletts vom Pré-salé natur, eine Jungente auf weißen Rüben, zwei gebratene Rebhühner und eine Seezunge in Sauce Normande, ganz abgesehen von sonstigen Leckereien wie Süßspeisen, Früchten, feinsten Doyenné-Birnen, und selbige nie unter einem Dutzend. Satt gegessen, ließ er die Rechnung meistens an seinen Verleger schicken. Auch allein zu Hause konnte ihn, vor allem, wenn er Ängste oder Kummer litt, ein derartiger Heißhunger überfallen, dass er binnen einer Viertelstunde »eine Gans und etwas Endivien samt drei Birnen und einem Pfund Weintrauben«[2] verschlang, was ihn natürlich krank machte.

Ein Vielfraß also? Auch nicht. Ein Vielfraß isst nach Balzacs eigenen Worten »ohne Methode, ohne Verstand, ohne Seele ... Er verschluckt ganze Bissen; sie gehen durch seinen Mund, ohne den Gaumen zu kitzeln, ohne die geringste Fantasie zu wecken; sie verlieren sich auf direktem Wege in einem Magen von erschreckendem Fassungsvermögen; ... nichts kommt aus seinem Mund heraus, alles verschwindet darin!«[3] Nein, das ist nicht Balzac, nicht der Mann, der von seinen Zeitgenossen einhellig als überaus liebenswerter

Tischgenosse beschrieben wird und der, mitnichten unersättlich, auch maßvolle Zeiten kannte. Als er gegen Ende seines Lebens ein Jahr in Polen verbrachte, nahm er am Familienleben der Frau teil, die er liebte, Madame Hanska, und stellte sich auf ihren Tagesablauf ein. Zum ersten Mal in seinem Leben arbeitete er wenig und aß regelmäßig zu festgesetzten Zeiten.

Nur war das Essen in Polen leider nicht gut. Er klagte humorvoll über das schlechte Obst, über Karotten, die nach Rüben, und Räben, die nach nichts schmeckten. Was aber schwebte ihm vor, um die Kost zu verbessern? Er verriet es den Töchtern seiner Schwester:

»*Meine lieben kleinen Nichten,*

seid bitte so nett und steckt mir in den nächsten Brief, den Eure Mutter oder Großmutter mir schreibt, eine gut verständliche und klare Anleitung, klar und verständlich genug, damit wir den Muschiks hier in der Küche sagen können, wie man 1. die von Eurer Mutter erfundene Tomatensauce macht ... 2. das Zwiebelpüree, wie Louise es bei Eurer Großmutter zu machen pflegte, denn hier, das müsst Ihr wissen, leben wir in einer großen Wüste ...«[4]

Bescheidener könnte die Bitte kaum sein.

Wie sind diese Gegensätze zu vereinbaren? Einfach indem man anerkennt, dass Balzac nie gleichzeitig mit seinen Romanfiguren aß, es war stets ein Entweder-oder: er oder sie. Beginnen wir mit ihm, um besser zu verstehen, welche Bedeutung er dem Essen und der Gestaltung von Tischszenen in seiner *Menschlichen Komödie* verleiht.

I | Balzac bei Tisch

Die Fantasie bietet, was das Leben nicht geboten hat. Bei den Balzacs wurde nicht gut gegessen, und dem kleinen Honoré war es nie vergönnt, in einer von köstlichen Düften erfüllten Küche herumzuschnüffeln, den Deckel eines verführerisch dampfenden Kochtopfs zu lüften oder aufzupassen, bis der Kuchen gebacken war. Vater Balzac, Monsieur Père, dessen einziger Ehrgeiz darin bestand, hundert Jahre alt zu werden, aß nur etwas Obst um fünf Uhr nachmittags und ging so früh wie möglich nach oben, ins Bett. Die Mutter, Madame Mère, allzu beschäftigt mit ihren Lieben und den Lustbarkeiten der mondänen Gesellschaft, hatte keine Ader für »Zärtlichkeiten, Küsse, schlichte Freude am Leben«,[5] sie kümmerte sich kaum um das Wohlbefinden ihres ältesten Sohnes, Honoré. Balzac war kein verwöhntes Kind. Seine Mutter liebte ihn nicht, davon war er zumindest überzeugt, und die mütterliche Kälte färbte auf seine gesamten Jugenderinnerungen ab. Tatsächlich scheint er sogar für eine Zeit, da in puncto Kindererziehung raue Sitten herrschten, über das übliche Maß vernachlässigt worden zu sein.

Gleich nach der Geburt, am 20. Mai 1799, wurde Honoré einer Amme anvertraut und war bereits vier Jahre alt, als er ins Elternhaus zurückkehrte. Mit acht Jahren wurde er zu den Oratorianern von Vendôme in Pension gegeben, wo er sechs Jahre blieb, ohne ein einziges Mal nach Hause zu fahren, und wo seine Eltern, die sich im sechzig Kilometer entfernten Tours niedergelassen hatten, ihn nur zwei Mal besuchten. Während dieser ganzen Zeit war das Essen für ihn keine Freude, sondern brachte ihm ständige Demütigungen ein. Da er kein Taschengeld bekam, konnte er sich nicht die Leckereien beschaffen, mit denen sich seine Kameraden den Bauch vollstopften. Daran erinnert er sich, als er später in *Die Lilie im Tal* beschreibt, welche Qualen der kleine Felix Vandenesse in der Schule leiden musste. »Das berühmte Schmalzfleisch und die Grieben von Tours waren Hauptbestandteil der Mahlzeit, die wir mittags einnahmen, zwischen Frühstück und dem Essen zu Hause, das mit der Stunde unserer Rückkehr zusammenfiel. Diese Zubereitung, die von manchen Feinschmeckern so gelobt wird, sieht man selten auf den aristokratischen Tafeln in Tours. Wenn ich auch davon gehört hatte, ehe ich in Pension kam, so hatte ich doch niemals das Glück gehabt, den braunen Aufstrich auf meinem Brot zu kosten. Auch wenn er in der Pension nicht Mode gewesen wäre, hätte ich doch ein nicht weniger starkes Verlangen danach gehabt, denn es war eine fixe Idee für mich geworden, ungefähr wie wenn eine der elegantesten Herzoginnen von Paris Verlangen nach der Küche von Portiersleuten hatte und es, weil sie eine Frau war, auch befriedigte ... Meine Kameraden, die alle aus kleinbürgerlichen Familien stammten, führten mir ihre herrlichen Grieben vor und fragten mich, ob ich wisse, wie man sie macht, wo man sie verkauft und warum ich keine hätte. Sie leckten sich die Lippen und priesen ihre Grieben, diese Reste von ausgelassenem Schweinefett, die gekochten Trüffeln ähnlich sehen. Sie durchstöberten meinen Korb und fanden nur Olivet-Käse oder trockene Früchte und brachten mich um mit ihrem: ›Hast du denn gar nichts?‹«[6]

Im Lauf der Jahre, die Balzac im Pensionat verbrachte, entwickelte er sich, mangels Essfreuden, zu einem begierigen Leser. Wie bei dem vereinsamten Schüler in *Louis Lambert* – auch dies ein stellenweise autobiografischer Text – war die Lektüre bei ihm »zu einer Art Heißhunger geworden, den nichts stillen konnte. Er verschlang Bücher aller Art und labte sich wahllos an religiösen, geschichtlichen, philosophischen und physikalischen Werken«, ja er gestand sogar, »dass er einen unglaublichen Genuss bei der Lektüre von Wörterbüchern empfand«.[7] Unter dem Einfluss dieser unausgewogenen Kost, die bereits den erwachsenen Romancier ankündigt, wurde der Junge krank und kehrte mit vierzehn Jahren nach Hause zurück. Im folgenden Jahr zog die ganze Familie von Tours nach Paris. Wieder wurde Honoré in Pension gegeben – in ein Haus, in dem sich heute übrigens das Musée Picasso befindet; wieder litt er darunter, dass er sich beim Portier, der, wie damals üblich, eine Kantine betrieb, nicht mit Leckereien versorgen konnte. Zwei Jahre später schrieb er sich in der juristischen Fakultät ein und entdeckte das gewöhnliche Essen der Studentenrestaurants. Mit siebzehn begann er, nebenbei als Schreiber in einer Anwaltskanzlei zu arbeiten. Hier lernte er Ehedramen kennen, häusliche Tragödien, den Stoff so vieler seiner späteren Romane, hier teilte er das fröhliche, ausgelassene, von Streichen und Scherzen erfüllte Leben der anderen Bürogehilfen. Der junge Balzac, überschwänglich, unwiderstehlich komisch, lenkte seine Kollegen so sehr ab, dass er eines Tages vom Kanzleivorsteher folgendes Billett erhielt: »Monsieur Balzac wird gebeten, heute nicht zu kommen, da viel Arbeit vorliegt.« Die Schreiber waren, wie alle jungen Leute, ob damals oder heute, immer hungrig. Auf dem Marmor des zugemauerten Kamins in dem staubigen Gemeinschaftsraum, der ihr Arbeitszimmer war, sah man etliche »Stücke Brot, dreieckige Abschnitte Brie-Käse und frische Schweinskoteletten neben Gläsern, Flaschen und einer Tasse Schokolade für den Vorsteher des Büros. Der Duft all dieser Speisen mischte sich wunderbar mit dem Brodem des Ofens, der über alles Maß geheizt wurde, dazu kam noch der eigentümliche Muff der Schreibstuben und der aufgehäuften Masse Makulatur, alles in allem eine so starke Mischung, dass darin der Gestank eines Fuchses spurlos untergegangen wäre.«[8]

Der Ekel vor Dreck und den widerwärtigen Gerüchen dieser Nahrungsmittel sollte bei Balzac tiefe Spuren hinterlassen. Er erinnert sich daran, als er in *Vater Goriot* den Tisch der Pension Vauquer beschreibt, »einen langen Tisch mit Wachstuch, fettig genug, um einen übermütigen Externen zu locken, seinen Namen mit dem Finger daraufzuschreiben«, das lautstarke Gerangel an diesem Tisch, wo sich die Pensionäre um die Porreesuppe scharen, oder das übel riechende Esszimmer der Madame Marneffe in ihren Elendszeiten. Und wie sollte man übersehen, dass ein Festmahl bei Balzac weniger ein gastronomisches Ereignis war als eines, das der Prachtentfaltung diente, eher eine Augenweide denn eine Gaumenfreude. Essen um des Essens willen war ihm schon immer ein Graus. Lieber stehend in einen Apfel beißen als sich an einen ungepflegten Tisch setzen. Eine schmutzige Serviette, ein schlecht gespültes Glas verdarben ihm den Appetit. Wenn er unterwegs war, steckte er sich zur Stärkung lieber eine geräucherte Rinderzunge und ein Dutzend Brötchen in die Tasche, statt sich an den Mittagstisch zu setzen, wo die Reisenden der Postkutsche an den Umspannstationen »Gasthausfraß« bekamen, wie der junge Oscar Husson es in *Der Eintritt ins Leben* nennt.

Balzac blieb nicht lange in der Anwaltskanzlei. Seine Eltern, die Paris wieder hatten verlassen müssen und in das nahe gelegene Dorf Villeparisis gezogen waren, ließen sich erweichen und gaben ihm zwei Jahre Zeit, um sich als Schriftsteller zu erproben. Mit einer bescheidenen Summe für den Lebensunterhalt ausgestattet, hauste er in einer Mansarde im dritten Stock eines Hauses an der Rue de Lesdiguières, unweit der Bastille, und fristete ein kümmerliches Dasein. Elend kann man es nicht nennen – die Zuwendung von tausendfünfhundert Francs pro Jahr entsprach dem dreifachen Durchschnittslohn eines Arbeiters –, aber es waren zwei einsame Jahre, zurückgezogen, bei intensiver Arbeit und sehr knapp bemessener Kost. Er verpflegte sich selbst und aß wie eine Spitzmaus, winzige Mahlzeiten, die er seinen Schwestern beschrieb, bestehend aus Brot und Kirschen oder Brot und Käse, mit etwas Milch für ein paar Sous. Wenn er einmal über die Stränge schlug und sich zwei Melonen leistete, begnügte er sich am nächsten Tag mit einer Handvoll Nüssen. Schon jetzt scheint er sich hauptsächlich von Obst zu ernähren, aber wichtiger noch, er wird diese Erfahrung mehrfach benutzen, um die Anfänge junger Menschen zu beschreiben, denen eine glorreiche Zukunft bevorsteht, so im Fall des großen Arztes Desplein, des Malers Joseph Bridau oder des bewundernswerten Politikers Z. Marcas. Dass Arbeit und Exzesse unvereinbar seien, davon war Balzac sehr früh schon überzeugt.

»Ich wohnte damals in einer Gasse ..., der Rue de Lesdiguières, sie führt von der Rue Saint-Antoine, gegenüber einem Brunnen nächst dem Bastilleplatz, bis zur Rue de la Cerisaie ... Ich lebte äußerst einfach, ja fast mönchisch, wie ein Geistesarbeiter eben leben muss«, schreibt er an einer wiederum mit autobiografischen Details gespickten Stelle.[9] Diese zwei Jahre der Entbehrung haben zwar kein Meisterwerk hervorgebracht, aber Balzac stellt sie stets als eine wenn auch nicht sehr angenehme, so doch für den Künstler notwendige Prüfung dar. Im Roman illustriert er seine Theorie am Beispiel des Bildhauers Wencelas Steinbock, der die schönsten Kunstwerke schafft, solange er unter der Fuchtel von Tante Lisbeth steht, die ihn behandelt wie ein Pferd, »dem man Scheuklappen anlegt, damit es nicht von seinem Wege nach rechts und links blickt«.[10] Doch kaum dass Wencelas' junge Ehefrau ihre Reichtümer und Freuden an ihn verschwendet, gibt er sich der Faulheit hin. Das materielle Glück, »die Zärtlichkeiten des Weibes verjagen die Muse, sie beugen die Kraft und die Standhaftigkeit des Schaffenden«.[11]

Im Jahr 1820 gab Balzac die Mansarde auf und stürzte sich ins tätige Leben, indem er zuerst unter Pseudonym Schundromane schrieb, dann sein Glück in verschiedenen Projekten unternehmerischer Art versuchte, um schließlich sein Geld mit der Veröffentlichung von Romanen, Erzählungen und Artikeln zu verdienen. Unglücklicherweise nahm er stets weniger ein, als er mit vollen Händen ausgab, und so lebte der berühmte Schriftsteller, Stern am Himmel der französischen Literatur, bis zum Tag seines Todes in der Angst, wegen Schulden im Kerker zu landen. Aber egal, wie es um die Finanzen stand, ob es fette oder magere Jahre waren, seine Essgewohnheiten änderten sich kaum: Fasten in den Zeiten pausenloser Arbeit, »damit die Verdauungsmüdigkeit nicht zum Gehirn aufsteigt«,[12] Exzesse, sobald er die Feder aus der Hand legte – maßlose, schockierende Exzesse, vergleichbar den Ausschweifungen von Matrosen, die nach langer Seefahrt in einem Hafen landen. Es war ein ständiger Wechsel zwischen hastigen Imbissen und einer minutiösen Suche nach höchsten Gaumenfreuden. Sein Freund Léon Gozlan hat ihn auf der Jagd nach Makkaroni begleitet, einer Teigware, die bei den Parisern groß in Mode war.

Balzac hatte einen Bäcker in der Rue Royale entdeckt, der diese Delikatesse in Form kleiner Pasteten auf dem Backblech zubereitete. Nach einer Theaterprobe, um drei Uhr nachmittags, zu spät fürs Mittag- und zu früh fürs Abendessen, stürmte er vom Boulevard des Capucines zur Rue Royale in den fraglichen Laden, wo er zum Entsetzen des Servierfräuleins »mit drei oder vier Bissen, die eines Gargantua würdig gewesen wären«, vier Portionen davon verschlang und dabei »lachend mit vollem Munde Fenimore Cooper rühmte«, dessen *Trapper am Ontario-See* er gerade gelesen hatte.[13] Seinen Freunden zufolge durchstreifte er ganz Paris, um die beste Kaffeemischung aufzutreiben. »Sein Rezept war grundgelehrt, raffiniert und göttlich wie sein Genie. Dieser Kaffee setzte sich aus drei Sorten von Bohnen zusammen: Bourbon, Martinique, Mokka. Den Bourbon kaufte er in der Rue du Mont-Blanc (heute Rue de la Chaussée d'Antin; A. M.), den Martinique in der Rue des Vielles-

Audriettes ... und den Mokka im Faubourg Saint-Germain bei einem Händler der Rue de l'Université ... Es war jedes Mal eine halbe Tagesreise quer durch Paris. Aber ein guter Kaffee ist so viel Mühe schon wert.«[14] Er war derart versessen auf seine Spezialmischung, dass er sie mitnahm oder sich schicken ließ, wenn er sich in der Touraine aufhielt, denn dort war der Kaffee abscheulich, wie überall in der Provinz. Es empörte ihn maßlos, dass der Kaffee außerhalb der Hauptstadt weder aufgebrüht noch gefiltert, sondern einfach gekocht wurde, und in zahlreichen Romanen beklagt er diese barbarische Sitte. In *Die Bauern* beispielsweise beschreibt er das Städtchen Soulanges, zweihundert Kilometer von Paris entfernt, wo der Inhaber der Herberge, Vater Socquard, den Kaffee in einem Gefäß kocht, »das in jedem Haushalt unter dem Namen ›der große braune Pott‹ bekannt ist; er ließ das Wasser auf den gemahlenen und mit Zichorie versetzten Kaffee laufen und servierte das Gebräu mit der Kaltblütigkeit eines Pariser Straßenkellners in einer Porzellantasse, die nicht zerbrochen wäre, wenn man sie auf den Boden geworfen hätte«.[15]

Bekanntlich trank Balzac unerhörte Mengen extra starken Kaffees, nicht nur gegen die Müdigkeit, sondern vor allem als Stimulanz. Dank dem Kaffee, behauptete er, »gerät alles in Aufruhr: Die Gedanken rücken vor wie Bataillone der großen Armee auf einem Schlachtfeld, ... die Erinnerungen kommen im Sturmschritt, ... die Geistesblitze rücken in Schützenlinie vor; die Metaphern erheben sich; das Papier füllt sich mit Tinte.«[16] Wenn er sich mitten in der Nacht an die Arbeit machte, bereitete er seinen Kaffee selbst in einer besonderen Kanne zu, einer Cafetière »à la Chaptal«, bestehend aus zwei Behältnissen mit dazwischen gesetztem Filter, die auch der weltgewandte Romanheld Charles Grandet seiner provinziellen Cousine Eugénie empfiehlt. Im Lauf der Jahre wurde Balzacs Kaffee immer stärker. Ohne die Droge, die »dieses grausame geistige Aufputschmittel« für ihn geworden war, glaubte er nicht mehr schreiben zu können. Am Ende trank er ihn in Sturzbächen, in Strömen, trotz der schrecklichen Krämpfe, die ihn oft genug plagten, trotz des nervösen Augenzuckens, trotz des brennenden Magens. Tee, so bildete er sich gern ein, hätte den Kaffee ersetzen können, aber er fand einfach keinen guten. Als er Madame Hanska von diesem Missstand schrieb, schickte sie ihm aus Polen »Karawanen-Tee«, das heißt Tee aus China. Im Gegenzug besorgte er ihr »Cotignac«, ein Quittengelee, das außerordentlich schwierig aufzutreiben war. Um dieses Gelüst zu befriedigen, musste er sämtliche Feinkostläden von Paris abklappern, ehe er bei Corcellet, einem neu eröffneten Schlemmerparadies am Palais-Royal, die letzte Dose aufstöberte. Bedauern wir ihn nicht deswegen: Er liebte diese Art Besorgungen.

Aber ehe ich fortfahre, muss ich zunächst Balzacs große Liebe, Madame Hanska, vorstellen. Eine Unbekannte hatte ihm 1832 einen so feinsinnigen und bezaubernden Brief geschrieben, dass er sie persönlich kennenlernen wollte. Er traf sich mit der Fremden, einer polnischen Gräfin, in Genf, verliebte sich glühend und arrangierte im Folgejahr ein Wiedersehen. Ungeachtet ihres Ehemanns erlebten die beiden eine »unvergessliche« Nacht, und trotz der Entfernung, trotz der seltenen Begegnungen – einmal vergingen acht Jahre, ohne dass sie einander sahen – dauerte die Beziehung an. Das dokumentiert ein Briefwechsel von zweitausend Seiten, der Aufschluss über viele Einzelheiten aus Balzacs Alltagsleben gibt. Nachdem ihr Mann gestorben und ihre Tochter verheiratet war, willigte Madame Hanska in die Ehe mit Balzac ein. Aber noch fehlte die Erlaubnis des Zaren, dessen Untertanin sie war. Die Altverlobten mussten sich weitere Jahre gedulden, bis 1850 die letzte Genehmigung vorlag. Im März fand die Hochzeit statt. Balzac starb im August desselben Jahres. Aber kehren wir in die 1830er Jahre zurück, die Zeit des furiosen Schaffens und der ersten Meisterwerke, der alles verschlingenden Schulden, der maßlosen Ausgaben und der Kaffeeorgien.

Sobald er nicht gezwungen war, sich mit dem Essen um der bloßen Ernährung willen zu begnügen, sondern über genügend Mittel verfügte, um ein paar Freunde zur geselligen Runde an den Tisch zu laden, ließ er seiner Lust an der Inszenierung freien Lauf. Natürlich sind üppige Tafelfreuden billiger in einem Roman zu haben – wie etwa in *Das Chagrinleder*, wo das Festmahl des Bankiers Taillefer aus *Tausendundeine Nacht* entsprungen scheint –, aber Balzac war nicht der Mann, der sich im eigenen Leben gegen Verschwendung gesträubt hätte. Erst recht nicht, wenn er eine Dame beeindrucken wollte. So lud er eines Abends die hinreißende Olympe Pélissier ein, eine Kurtisane, die ihm vorübergehend ihre Gunst erwiesen hatte. Olympe, auch als früheres Modell von Horace Vernet bekannt, war die Mätresse des erfolgreichen Romanciers Eugène Sue gewesen, ehe sie eine feste Verbindung mit Rossini einging und 1847 dessen Frau wurde.

Balzac lud sie zu einem kleinen Abendessen mit nur fünf Personen ein, ließ sich aber, wie er Madame Hanska gestand, zu »unvernünftigem Prunk« hinreißen. »Es kommen Rossini und Olympe, seine *cara dona*, die präsidieren wird ... Ich habe die edelsten Weine Europas, die seltensten Blumen.«[17] Aber das war nicht alles. Er wollte Lachsforellen, Hähnchen und Eis servieren, und dafür verschaffte er sich beim Goldschmied Le Cointe – dem Schöpfer seines berühmten Spazierstocks, dessen goldener, mit Türkisen besetzter Knauf den Eifer der Karikaturisten und Delphine de Girardin zu ihrem Roman *La Canne de Monsieur de Balzac* anregte – fünf silberne Teller, drei Dutzend Gabeln und eine Kelle mit reich verziertem Silbergriff, alles für den Glanz eines Abends und um anschließend ins Pfandhaus zu wandern. Die erstaunlichste Illustration seiner Freude am vergänglichen Luxus liefert ein Essen, das Balzac sich ins Gefängnis bringen ließ, denn er musste tatsächlich ins Gefängnis – nicht wegen seiner Schulden, sondern weil er sich mehrfach vor der Dienstpflicht bei der Nationalgarde gedrückt hatte.

Jeder Bürger mit Wohnsitz in Paris musste ein paar Tage im Jahr Wache halten, sonst wurde er zu einem Tag Haft verurteilt. Balzac, der diesen Zwang unerträglich fand, konnte sich zigmal erfolgreich entziehen, meistens, indem er eine Reise oder einen Umzug vortäuschte. Er schlüpfte kurzerhand bei einem Freund unter und wartete ab, bis die Gefahr vorüber war. Manchmal konnte er nicht rechtzeitig verschwinden, aber dann zog er sich aus der Affäre, indem er den Häschern, die ihn festnehmen wollten, ein paar Goldmünzen oder zwei, drei Flaschen guten Vouvray gab, bis er sich schließlich eines Tages dem Gesetz beugen musste.

Auf die Dauer fürchteten die Ordnungshüter um ihre Stellung, wenn sie jedes Mal ohne den Gefangenen zurückkamen. Am 27. April 1836 nahmen sie ihn mit und sperrten ihn ins Hôtel des Haricots, den Arrestturm der Pariser Nationalgarde in der Rue des Fossés-Saint-Bernard. Sein Diener, Auguste, hatte noch Gelegenheit gehabt, einen Koffer mit dem Notwendigsten zu packen: der Dominikanerkutte, die ihm als Arbeitskleidung diente, sowie Federn und Papier. »Da werden Sie Ihre Ruhe haben zum Schreiben«, hatten die Polizisten ihm tröstend gesagt. Aber wollte Balzac seine Ruhe?

Kaum hatte er sich in der Zelle umgesehen – sie lag im dritten Stock, mit Blick auf das Weindepot –, schickte er Auguste mit einer Nachricht zu seinem Verleger Edmond Werdet, dieser möge ihm Geld zukommen lassen. Werdet parierte, steckte zweihundert Francs ein und machte sich auf den Weg. Zu seiner großen Überraschung fand Balzac die Summe kleinlich, lud ihn jedoch zum Essen ein. Er habe das Diner bei Véfour bestellt, erklärte er, denn wenn er aus diesem Loch herauskomme, wolle er ein Andenken »an alle Traditionen der schönen Lebenskunst« hinterlassen. Also stiegen sie zur vorgesehenen Zeit ins Refektorium hinab, und am Ende eines langen Tisches erblickten sie ein herrliches Gedeck für zwei Personen. Es war das ihre. Die beiden Freunde ließen es sich schmecken. Balzac war bester Laune, als gegen sieben Uhr die Tür aufging und ein zweiter Dienstverweigerer hereinkam: Joseph-François Michaud, Chefredakteur der *Quotidienne,* einer royalistischen Zeitung, an der Balzac bereitwillig mitwirkte. Erheitert nahm Michaud die Einladung an, Balzacs »bescheidenes Mahl« zu teilen, und der Abend endete in ausgelassener Fröhlichkeit, trotz der Anwesenheit eines dritten Gefangenen nur ein paar Stühle weiter, Eugène Sue, der es, begleitet von zwei Dienern, mit herablassend würdevoller Miene ablehnte, sich zu ihnen zu gesellen. Diese Kälte hatte nichts Erstaunliches. Das Verhältnis zwischen den beiden Schriftstellern war nicht gut. Sue, König des Feuilletons, war Balzac zufolge reich, arriviert und dachte nicht mehr an die Literatur. Balzac dagegen, immer besorgt um schriftstellerische Qualität, mochte sich nicht den Regeln der Fortsetzungsromane unterwerfen, seine Kapitel in kleine Häppchen unterteilen, den Leser pausenlos in Atem halten, wie seine Kollegen Eugène Sue und Alexandre Dumas es so wunderbar verstanden. Aber er hätte gern die Einkünfte seiner Rivalen gehabt, die besser bezahlt wurden als er. Wie dem auch sei, das Abenteuer war noch nicht zu Ende. Die Obrigkeit beschloss, Balzac etwas länger in Gewahrsam zu behalten, weil er mehrere Verstöße abzubüßen habe.

Am nächsten Tag wurde Werdet also abermals einbestellt und betrat die Zelle seines Autors: Der Arbeitstisch, das Bett, der einzige Stuhl, der ganze Fußboden, alles war mit Speisen bedeckt, überall Pasteten, getrüffeltes Geflügel, glasiertes Wild, Konfitüren, Körbe mit einem ganzen Sortiment an Weinen und Likören – alles von Chevet. »Ich will nicht mehr ins Refektorium, wo ich diesen Geck namens Eugène Sue treffe, der nichts für die anderen tut und ein kompletter Egoist geworden ist«,[18] erklärte Balzac. Also speisten der Verleger und sein Autor in der Zelle. Da sie aber solche Mengen an Lebensmitteln und exquisiten Weinen unmöglich bewältigen konnten, lud Balzac zum Diner einige Vertraute ein. »Ungeachtet der Vorschriften hatte der Pförtner einen großen Tisch, Stühle, Tischwäsche und Gläser geliefert. Auguste bediente uns in weißen Handschuhen. Dem Festschmaus fehlte es an nichts. Als Balzac das Zeichen gab, mit dem er die gastronomische Schlacht eröffnete, wiederholte er, was er mir schon gesagt hatte ..., das *Haus* – wie er das Gefängnis euphemistisch nannte – solle sich ewig an seinen Aufenthalt erinnern.«[19] Kein Zweifel, dass ihm dies gelang und dass die Wächter, die sich um den Abhub der herrschaftlichen Tafel stritten, beglückt über die göttliche Verschwendung ihres Insassen, ein bewegtes Andenken an ihn bewahrt haben.

Um einem weiteren Aufenthalt im Hôtel des Haricots vorzubeugen, beschloss Balzac, sich offiziell in Sèvres anzusiedeln, drei Meilen, also vier Kilometer, von Paris entfernt, wo er von jedem Dienst befreit war und dennoch, dank der Eisenbahn, die Place de la Madeleine für nur acht Sous in gut zwanzig Minuten erreichen konnte. Für den Fall, dass er länger in Paris weilte, fand er Unterschlupf in einem kleinen Haus in Passy – dem heutigen Musée Balzac –, das ein Strohmann oder vielmehr eine Herzdame, Louise de Brugnol, für ihn gemietet hatte. Louise war eine ebenso ehrbare wie energische Frau, die den Buchhändlern die Stirn bot und die hinterhältigen Schwätzer, die trotz aller Vorsichtsmaßnahmen an der Tür klingelten, abwimmelte. Sie diente Balzac als Haushälterin, manchmal als Köchin, teilte nicht seinen Tisch, aber gelegentlich sein Bett. Balzac predigte den jungen Schriftstellern Keuschheit, auf dass ihnen der schöpferische Elan erhalten bleibe, und rühmte sich derselben in Briefen an sein fernes Idol, befand aber auch, vollständige

Enthaltsamkeit weiche das Gehirn auf. Madame de Brugnol erlaubte ihm ein fruchtbares Mittelmaß.

Er ließ seine Korrespondenz nach Sèvres schicken, wo er einige Parzellen Land kaufte und anfing, sich eine »Hütte« zu bauen, wie er es nannte – eine Hütte, für deren Errichtung er allerdings ein ganzes Heer von »Planierern, Maurern, Malern und anderen Arbeitern«[20] beschäftigte. Einmal eingerichtet, empfing er gern Gäste, auch während seiner Schaffenszeiten. Bei ihm zu Tisch wurde viel getrunken, oft weit über den Durst, sodass Léon Gozlan, der regelmäßig eingeladen war, berichtet: »Ohne jemandem die Flasche an den Kopf werfen zu wollen, habe ich doch mehr als einmal Präsidenten des königlichen Gerichtshofs weit unter das Tischtuch rutschen sehen.«[21] Balzac selbst hielt sich aufrecht, oder vielmehr zog er sich früh, meistens schon um sieben Uhr, nachdem er nur häppchenweise gegessen hatte, von der Gesellschaft zurück und ging schlafen, um sich gegen ein Uhr morgens wieder in die Arbeit zu stürzen.

Wenn es ums Schreiben ging, erwies sich Balzac stets als überaus nüchtern. Ich habe mich oft gefragt, warum dieser Mann trotz der Strenge, die er sich beim Schreiben auferlegte, so dick war. Er war es nicht immer gewesen. Zehn Jahre zuvor, als er sich zur Unterfütterung seines Romans *Die Königstreuen* bei einer Freundin der Familie, Madame de Pommereul, in der Bretagne aufhielt, hatte seine Gastgeberin sich vorgenommen, den mageren jungen Mann, der ihr ganz ausgehungert schien, mit süßen Fladen und Butter aufzupäppeln. Balzac gab ihr den Spitznamen Lady Bourrant – Stopflady. 1836 hätte sie ihn nicht wiedererkannt. Er litt übrigens unter seiner Körperfülle und kämpfte dagegen an, indem er sich zwang, möglichst viel zu Fuß zu gehen, aber wann sollte jemand spazieren gehen, der fünfzehn Stunden am Tag schrieb? Und wie erst im Winter, wenn die Pariser Straßen im Schlamm versanken? Die im Sommer abgespeckten Kilos stellten sich zur schlechten Jahreszeit unversehens wieder ein, da half auch kein noch so oft gefasster Entschluss, aufs Brot zu verzichten. Und natürlich war die absonderliche Ernährungsweise, mit Dutzenden von Birnen, die er täglich verschlang – im Februar hatte er, wie er Madame Hanska schrieb, einen Vorrat von tausendfünfhundert Birnen im Keller –, Riesenmengen Weintrauben und dem Heißhunger, der ihn gelegentlich überkam, nicht unbedingt zum Abnehmen geeignet. Aber wenn er Madame Hanska gegenüber ihr künftiges gemeinsames Leben ausmalte, dann will man gerne glauben, dass er an ihrer Seite den nötigen Ausgleich gefunden hätte. Nach einem großen Diner für fünfundzwanzig Personen bei James de Rothschild schrieb er ihr, die Speisen seien nichts Besonderes gewesen, bei ihm zu Hause esse man besser als bei den Reichen und den Mächtigen. »Bei uns«, fuhr er fort, »werden wir nie mehr als neun zum Abendessen sein. Besser, man macht sieben Menschen glücklich, schmeichelt ihnen, unterhält sie, hört ihre Reden und lässt sie ein gutes Essen genießen, statt ihnen aufzutischen wie bei Véry.«[22] Nur wird eben in der *Menschlichen Komödie* durchaus nicht immer zu Hause gegessen. Und genau das ist neu.

Balzac malt Bilder von seiner Epoche, von der Gesellschaft seiner Zeit, und ebendiese weist der Küche eine überragende Bedeutung zu. Vor der Revolution wurde – außer im Notfall, auf Reisen oder beim Aufenthalt in einer fremden Stadt – zu Hause gegessen. Man lud nach Hause ein, empfing zu Hause. Das Essen gehörte zum Privatleben, und was auf den Tisch kam, war nicht sehr aufregend. Großartige Menüs gab es nur in wenigen herrschaftlichen Häusern. Mit der Revolution und dem Aufkommen von Restaurants ändert sich alles. Fortan geht man zum Essen an einen öffentlichen Ort, wo man sich verabredet oder sich mit Freunden trifft, ein Phänomen, das sich in allen Klassen der Gesellschaft beobachten lässt. Ab dem Ersten Kaiserreich steht die Kochkunst auf der Tagesordnung, die Gastronomie wird Gesprächsthema, ja sogar literarisches Sujet. Den beiden Rezeptbüchern des 17. Jahrhunderts, *Le cuisinier français* und *Délices de la campagne,* die den Hausfrauen über Generationen genügt hatten, folgen ambitionierte Werke wie die von Cabanis oder Brillat-Savarin, dessen *Physiologie des Geschmacks* ein sensationeller Erfolg wird. Alexandre Dumas veröffentlicht ein Küchenbuch, geistreich illustriert, gespickt mit Anekdoten und hervorragenden Rezepten. Haben wir die leiseste Ahnung, was die Marquise de Merteuil in *Gefährliche Liebschaften* zum Souper reichte oder woraus die ländlichen Menüs von Madame de Rosemonde bestanden? Nein, aus dem einfachen Grund, weil es die damaligen Leser nicht interessierte, im Gegensatz zum Publikum der folgenden Generation. Nicht nur Balzac, sondern auch Victor Hugo, George Sand und Eugène Sue widmen dem Essen lange Passagen. Frankreich wird zur Heimat der hohen Kochkunst. Und Balzac verleiht ihr dichterischen Ruhm.

»Haben die Franzosen ebenso viel Abneigung gegen das Reisen, wie die Engländer Lust dazu verspüren, so haben wohl Franzosen und Engländer jeder auf seine Art recht. Man findet überall Besseres als England, dagegen ist es äußerst schwierig, fern von Frankreich Frankreichs Reize wiederzufinden«, heißt es in Balzacs *Honorine.*[23] Und das Wichtigste an diesen Reizen ist die Küche, »wie Borel (der Chef des Pariser Restaurants »Rocher de Cancale«; A. M.) sie für Feinschmecker, die sie zu schätzen wissen, sorgfältig zubereitet, sind die französischen Weine, die außerhalb Frankreichs nur als Mythos existieren«.[24] Mit Wonne macht Balzac die fremden Küchen nieder. Italien sei das Land, wo man Käse in die Suppe tue, schreibt er verächtlich in *Gambara,* und Polen das Reich der siebenundsiebzig Arten, Brühe zu bereiten, ganz zu schweigen von einer widerlichen Rote-Bete-Suppe namens »barkschz« – daher wohl die barbarische Schreibweise, die er verwendet. Die Deutschen, behauptet er, lieben gewisse Essigsorten, die sie gemeinhin Rheinwein nennen. Und was die Engländer betrifft, so brauchen sie feurige Gewürze, um überhaupt etwas zu schmecken.

Ein anderes Phänomen ist die Bereicherung vieler Franzosen, erst während der Revolution, dann unter dem Kaiserreich, der Restauration und der Julimonarchie. Ein Großteil der Bourgeoisie verfügt über mehr flüssiges Geld, und die Tafel, eine gute Tafel, wird zum Zeichen des persönlichen Aufstiegs. So erklärt sich die explosionsartige Vermehrung von Speisewirten, Garköchen und Lebensmittelhändlern. Die einfache Hausfrauenkost reicht nicht mehr aus. Um seine Gäste gebührend zu ehren – und die eigene Wichtigkeit zu betonen –, muss man mit Extras aufwarten, eventuell für einen Abend einen Koch mieten. Die Bourgeoisie ist sich bewusst, dass ein jeder nach seiner Tafel beurteilt wird.

Balzac konnte im Lauf seines Lebens den Ausbau der Straßen, das Aufkommen der Eisenbahn beobachten. Diese Errungenschaften haben den Transport vieler Waren, insbesondere von Fisch, erleichtert und beschleunigt. Meeresfisch wurde den Parisern zugänglich. Bis dahin galt die Regel, über vierzig Meilen, also über hundertsechzig Kilometer von der Fangstelle entfernt sei Fisch nicht mehr zu genießen. In *Der Eintritt ins Leben* muss der Kutscher des Postwagens sich derart beeilen, dass er auf den Mittagstisch verzichtet, weil er sich verpflichtet hat, einen großen Fisch in gutem Zustand abzuliefern. Je besser die Transporte funktionieren, umso vielfältiger werden die Speisen. Die Ernährung der Franzosen ändert sich innerhalb einer Generation. Die Ausgaben fürs Essen steigen in allen gesellschaftlichen Klassen. »Man kann sich nicht vorstellen, wie viele Leute sich schon mit ihrer Tafel ruiniert haben. So gesehen ist die Tafel für Paris die neue Kurtisane«, sagt Balzac im *Vetter Pons.* Und auf Paris beschränkt sich die gesamte gastronomische Kultur. Das Restaurant ist ein Pariser Phänomen. Gewiss gibt es auch in der Provinz ausgemachte Feinschmecker, aber die Leidenschaft, mit der diese sich ihren Menüs widmen, bleibt in aller Regel ein Privatvergnügen, eher ein Zeitvertreib als der Wunsch, sich ein höheres Ansehen in der Gesellschaft zu verschaffen.

Balzac stürzte sich mit Wonne auf diese unerschöpfliche Quelle neuer Materialien. In seiner Jugend hatte er eine *Sittenstudie anhand von Handschuhen* geschrieben; entsprechend könnte man sagen, die *Menschliche Komödie* sei – zumindest teilweise – eine Sittenstudie anhand der Küche. Er begriff, dass es zur Charakterisierung einer Romanfigur nicht mehr ausreichte, deren Kleidung, physische Eigenheiten, Stimme und Benehmen zu beschreiben, man musste auch sagen, in welchem feinen Restaurant oder schäbigen Speiselokal sie verkehrte. Die beste Möglichkeit, die Dame eines Hauses einzuschätzen, besteht für Balzac in der Beobachtung, wie gut ihre Bouillon oder wie weiß ihr Tischtuch ist. Sehr oft begnügt er sich nicht mit Einzelheiten über die kulinarischen Vorlieben seiner Personen, sondern vergleicht sie schlichtweg selbst mit etwas Essbarem. Literarisch dargeboten, wird die Nahrung zum Stilelement. Eine appetitliche junge Bäuerin gleicht einem Schinken, ein altes Weib, blass und runzlig, sieht aus wie Kalbsbries. Gobseck, der mit endloser Geduld gewappnete alte Wucherer, erinnert an eine Auster, die an ihrem Felsen klebt. Die Unschuld eines Mädchens ist wie Milch, welche durch einen Donnerschlag, einen giftigen Duft, ein warmes Wetter, ja durch ein Nichts, durch einen Hauch gerinnt.[25]

Wenn etwas so Gewöhnliches wie ein Ei herangezogen wird, um einen samtigen weißen Hals zu beschreiben, oder ein Kürbis zur Illustration eines dämlichen Gesichtsausdrucks, wenn ein Gespräch wie eine Suppe brodelt oder ein Geck sich zur Schau stellt wie ein Stör auf dem Stand des Fischhändlers, ist schlagartig unsere Aufmerksamkeit geweckt. Der Vergleich mit etwas Essbarem ist niemals fad, sondern so subtil und komplex wie der Geschmack einer Frucht. Die unglückselige Madame Grandet, schier erdrückt von ihrem geizigen Ehemann, erinnert an jene schrumpligen Früchte, die weder Saft noch Süße haben. Und die bleiche Delphine de Nucingen mit ihren weißen Wimpern ähnelt einer Februar-Reinette, einem Apfel, dessen Schale fleckig ist wie die Haut mancher Frösche, während die bösartige Marquise d'Espard ein kleiner Api, ein Rotbäckchen, ist, zum Anbeißen. Den jungen Herzog d'Hérouville, der einen ziemlich verkrampften Eindruck macht, bedenkt Balzac mit dem Kommentar: »Ein guter Wein, aber so fest verkorkt, dass man seine Korkzieher daran zerbricht!«[26] Schon der Überraschungseffekt dieser ironischen Brechung macht das Verfahren erstaunlich effizient.

Doch damit nicht genug, Balzac geht von den Personen zur Landschaft über und gesteht, die Touraine wirke auf ihn, wie wenn man bis zum Kinn in Gänseleberpastete versinke. Mehr noch, er zeigt – wir werden später darauf zurückkommen –, wie der gedeckte Tisch zur Waffe werden kann, und schließlich – der vielleicht interessanteste Aspekt – verbindet er das Essen mit der Liebe.

Eine Studie über das Essen bei Balzac muss mit den Restaurants beginnen, die in seinem Werk so viel Platz einnehmen, und sei es nur, weil sie in ihrer ganzen Vielfalt allesamt tatsächlich existieren, sodass die *Menschliche Komödie* einen regelrechten *Guide Michelin* der damaligen Zeit darstellt.

II | Herr Ober, die Karte!

Es gibt viele Gründe, nach Frankreich zu reisen: gotische Kathedralen, romanische Kirchen, Königsschlösser – lauter berühmte, reizvolle Sehenswürdigkeiten, aber der wahre Grund so mancher Tour de France ist doch die Jagd nach Sternen, den Michelin-Sternen, versteht sich. Historisch betrachtet ist das etwas Neues. Im achtzehnten Jahrhundert wäre niemand auf die Idee gekommen, einen Aufenthalt in Frankreich gastronomisch zu begründen. Man aß dort sehr schlecht. Gewiss, bei den hohen Adligen und den kultivierten Bürgern gab es vorzügliche Tafeln, so reich gedeckt, dass die Tischgesellschaft kaum ein Drittel der dargebotenen Pracht verzehrte – was übrig blieb, ging zuerst an die Dienerschaft, dann an die sogenannten »Auskratzer«, die auf Resteverwertung spezialisierten Höker. Aber die Fremden, die keine Freunde, kein Empfehlungsschreiben hatten, waren unangenehmen Gastwirten ausgeliefert und beklagten sich sowohl über die derbe Kost als auch über die Unbequemlichkeit der Unterkunft. Sie mussten sich mit dem begnügen, was ungefragt und meistens schlecht gekocht auf den Teller kam. In der Herberge zahlte man nicht für ein Gericht, sondern für das Recht, sich an den Gemeinschaftstisch zu setzen. Eine andere, kaum bessere Möglichkeit bestand darin, sich am Mittagstisch in einer Art Pension einzufinden, wo sich die angestammten Kostgänger zur festgelegten Zeit versammelten. Wenn ein Stuhl frei blieb, durfte der Fremde Platz nehmen, wenn nicht, musste er sein Glück anderswo versuchen. Angenehm war die Erfahrung nie. Nach den Schilderungen von Louis Sébastien Mercier, der uns in *Mein Bild von Paris* Einblick in die Verhältnisse des Jahres 1788 gibt, belagerten die Stammesser stets die Mitte des Tisches, wo die Hauptspeisen standen. Unermüdlich kauend machten sie sich darüber her und ließen nur Krümel für den armen Reisenden, der nie auf seine Kosten kam und sich obendrein ihr lärmendes und dämliches Geschwätz anhören musste. Der berühmte englische Agronom Arthur Young hat sich besonders über die aufgezwungene Nachbarschaft mit ungehobelten Tischgenossen beschwert.

Oft gab der Besucher auf und kaufte sich am Ende lieber eine Wurst oder eine Scheibe Schinken beim Metzger, oder er suchte sich einen Grillkoch, wo es Gebratenes gab, ein Kotelett, vielleicht einen Hähnchenflügel, und aß aus der Hand, in seinem Zimmer. Wenn er ein Ragout wollte, musste er sich an einen Speisewirt wenden. Die Zünfte machten den unterschiedlichen Gewerben strenge Vorschriften und legten genau fest, wer was verkaufen oder zubereiten durfte. Somit verbot sich ein Restaurantbetrieb, wie wir ihn kennen, im Sinne eines Lokals, wo man an Einzeltischen eine selbst gewählte Mahlzeit essen kann und nur bezahlt, was man bestellt hat. Tatsächlich bezeichnete das französische Wort »restaurant« im achtzehnten Jahrhundert keinen Ort, sondern allgemein etwas Stärkendes, »Restaurierendes«, in fester wie in flüssiger Form: ein Glas Wein, einen Likör oder auch eine besonders konzentrierte Bouillon, fast ein Fleischextrakt.

Als dann um 1780 in Paris einige unklassifizierbare Gaststätten auftauchten, weder Herbergen noch Garküchen oder Mittagstische, sondern saubere, diskrete Etablissements, wo eine Dame allein sich an einen Tisch mit weißem Tischtuch setzen und eine Bouillon oder einen Salat bestellen konnte, nannte man sie Restaurants, weil sie nicht dazu bestimmt schienen, den großen Hunger zu stillen, sondern den Passanten lediglich ein »restaurant«, eine Stärkung, boten.

Das erste Restaurant dieser Art eröffnete in der Rue des Poulies, der heutigen Rue du Louvre, und wurde einige Jahre später ins Hôtel d'Aligre in der Rue Saint-Honoré verlegt. Der Wirt, ein Suppenkoch namens Boulanger, servierte Geflügel im Salzbett, frische Eier und natürlich stark konzentrierte Fleischbrühe. Er durfte zwar keine Ragouts verkaufen, war aber nicht an die streng reglementierten Zeiten gebunden, die für Garköche und Mittagstische galten. Das Reizvolle an seinem Angebot bestand darin, dass man tagsüber, wenn man erschöpft war, bei ihm einkehren und etwas zu sich nehmen konnte. Einige experimentierfreudige Geister ahmten es ihm nach, aber zunächst sehr wenige. Vor 1789 gab es in Paris nur vier oder fünf derartige Lokale. Unter den Gästen des berühmtesten, des »Vacossin«, war auch Jean-Jacques Rousseau, der sein Essen dort als ein »Picknick« bezeichnete, was sich sowohl auf die leichte Kost wie auf die geteilte Rechnung bezog.

Neben allen großen Umwälzungen ließ die Revolution eine ganz neue gastronomische Landschaft in Paris entstehen. Es mag frivol erscheinen, sich in einer Zeit, die ganz im Zeichen der Gewalt und des Terrors stand, beherrscht von einem mörderischen Krieg und einer Hungersnot, welche 1794 ihren Höhepunkt erreichte, mit der Küche zu beschäftigen. Doch das unglaubliche Defilee an feinen Speisen, die täglich in die Gefängnisse geliefert wurden – die Verurteilten arrangierten sich mit Garköchen und Bäckern, deren Karten sie im Kerker herumreichten, um sich Fleisch und Pasteten bringen zu lassen –, die prunkvollen öffentlichen Festgelage und vor allem die Veränderungen der Esskultur, die einen neuen Markt hervorbrachten, sind Grund genug, diesem Thema Beachtung zu schenken.

Als der Fürst von Condé drei Tage nach dem Sturm auf die Bastille ins Exil floh, hinterließ er ein ganzes Heer von Küchenchefs, Bratköchen und Feinbäckern, die alle dem Befehl von Monsieur Robert unterstanden. Dieser zögerte nicht lange und gründete ein Restaurant, das seinen Namen trug, das »Robert«, Rue de Richelieu Nummer 104, ein wirkliches Restaurant in unserem Sinne, mit großer Speisekarte, wo er anbieten konnte, was er wollte. Kurz zuvor waren die teilweise aus dem Mittelalter überkommenen Vorschriften endlich gelockert worden, was insbesondere diesen Neulingen, die sich Restaurateure nannten, zugutekam. Auch der oberste Küchenchef des Grafen von Provence – der als Bruder des Königs im Juni 1791 die Flucht ergriff – ließ nach der Abreise seines Dienstherrn keine Zeit verstreichen und eröffnete alsbald ein Restaurant in der Galerie de Valois am Palais-Royal, wo er seinen Gästen einen höchst luxuriösen Rahmen bot und eine Speisekarte, die schwer war wie ein Pflasterstein. Bald wurde das gesamte Viertel zum Treffpunkt der Feinschmecker. Und es gab ihrer genug.

Eine ganze Klasse bereicherte sich während der Revolution, aber wer wollte in diesen unruhigen Zeiten schon seine Reichtümer zur Schau stellen? Ein Haus mit großem Pomp zu führen, sich den Neidern oder Denunzianten auszusetzen war gefährlich. Besser, man lud ins Restaurant ein, empfing dort, wo abgeteilte Nischen oder Nebenräume sogar eine gewisse Diskretion ermöglichten. Und, wichtiger noch: Paris füllte sich mit Männern, die sich allein dort aufhielten, Abgeordneten der Versammlungen, Journalisten, Neugierigen, ausländischen Beobachtern. Ohne Bindungen in der Hauptstadt, mussten sie sich schließlich irgendwie ernähren und stürzten sich geradezu auf diese erfreulichen neuartigen Einrichtungen, wo es für jeden Geldbeutel und zu jeder Tageszeit etwas zu essen gab. Die Annehmlichkeiten dieses Angebots führten dazu, dass Restaurants in allen Vierteln nur so aus dem Boden schossen. Unter dem Konsulat und dem Ersten Kaiserreich nahm die Bewegung weiter zu, und als ein englischer Journalist, Francis Blagdon, 1802 in das wieder friedliche Paris kam, um die Folgen von zehn Jahren Krieg und Revolution zu sehen, beschrieb er die Hauptstadt mit einem einzigen Wort: »Restaurants«. Zu diesem Zeitpunkt wurde die Zahl auf etwa zweitausend geschätzt, aber dabei blieb es nicht. Unter der Restauration sprach man bereits von dreitausend. Die offenen Mittagstische allerdings waren größtenteils verschwunden oder hatten sich der neuen Mode angepasst. Die Wirte hatten dem Gastraum ein paar Einzeltische hinzugefügt und sich auf eine Auswahl an Speisen umgestellt. Im Zuge dieser Entwicklung änderten sich die Essenszeiten, mit einschneidenden Folgen für den gesamten Tagesablauf der Pariser.

Vor der Revolution hatte man in der guten Gesellschaft

dreimal am Tag gegessen. Morgens, zwischen sechs und acht, etwas auf die Schnelle, gegen zwei Uhr mittags das »dîner« und abends, nach neun, wurde ein »souper« gereicht. Bauern und Arbeiter begnügten sich mit zwei Mahlzeiten. Das »souper« war den Privilegierten vorbehalten, denen, die zum Ball oder ins Theater gingen. Während der Revolution geriet das System aus den Fugen: Die Herren, die zu früher Stunde in Paris ausschwärmten, um in den politischen Versammlungen, in Klubs oder Gesellschaften erregt zu debattieren, hatten gegen elf einen knurrenden Magen und setzten sich beglückt am späten Vormittag ins Restaurant, was sie nicht hinderte, um sechs Uhr abends erneut ihren Hunger zu stillen. Im Lauf der Zeit nahm das Mittagessen den Namen »déjeuner« an, im Unterschied zum Frühstück, dem »petit déjeuner«, und die letzte Mahlzeit des Tages wurde »dîner« genannt, während das »souper« in der Regel entfiel. Welch ein Glück für die Restaurants, die nun zweimal am Tag Hauptgerichte servieren konnten. Und welche Lust für Balzac, der sich, wie wir sehen werden, begeistert daranmacht, die gesellschaftlichen Aspekte der neuen Essenszeiten in all ihren Nuancen zu beleuchten und die Einführung des »déjeuner« zu feiern.

Als Balzac das Pariser Leben kennenlernt und seine Erziehung des Gaumens beginnt, geht das Kaiserreich gerade zu Ende. Während seines Aufenthalts im Schülerpensionat hatten ihn seine Eltern – genau wie die fiktiven Eltern des jungen Felix de Vandenesse – nie zum Essen in ein gutes Restaurant mitgenommen, aber seine verwöhnteren Kameraden werden untereinander wohl von solchen Festmahlen erzählt haben. Der zukünftige Romancier entdeckte die gastronomischen Möglichkeiten der Hauptstadt erst, als er sich einer Gruppe junger Schriftsteller anschloss, die für Auguste Le Poitevin und dessen Romanfabrik arbeiteten. Genau wie seine neuen Freunde machte sich Balzac daran, unter Pseudonym serienmäßig Unterhaltungsromane zu fabrizieren, verdiente damit seinen Lebensunterhalt und begann, Paris zu entdecken. Sein Eintritt in die Literatur erfolgte also 1818, unter der Restauration, und seine Karriere endete mit der Februarrevolution von 1848. Die Figuren der *Menschlichen Komödie* sind seine Zeitgenossen, ihr Leben entfaltet sich in den Jahren 1799 bis 1850, einer Zeit, da die Gastronomie kein Privileg mehr war, sondern ein zunehmend verbreiteter Genuss. Die Kleinbürger ergötzten sich an Pasteten und ließen Champagner fließen, die Studenten träumten von ihrem Leibgericht, Masthühnchen oder Fasan, das ihnen auf einer weißen Tischdecke serviert würde, die Arbeiter genossen ihren Milchkaffee. In den tausend Restaurants der Hauptstadt fand jeder etwas nach seinem Geschmack und nach seinem Geldbeutel.

Was für eine Fundgrube für einen Romancier, der wie Balzac vor allem ein Gesellschaftsmaler war und das große Tableau liebte. Seine Figuren sind selten allein: Sie reden viel zu gern, immer erpicht darauf, sich einander mitzuteilen. Aber natürlich brauchen sie einen Ort, wo sie sich treffen und lange Gespräche führen können. Kein Wunder, dass die große Epoche des französischen Romans mit der Geburt des Restaurants beginnt – hier verabredet man sich oder läuft sich über den Weg, hier kommt beispielhaft zusammen, was durch den gesellschaftlichen Umbruch in Bewegung geraten ist. Das soll nicht heißen, der Salon hätte ausgedient. Er bleibt ein nützliches Instrument, um die Mechanismen einer geschlossenen Gesellschaft zu beschreiben, sei es der einer Herzogin, die alles von sich weist, was nicht zu ihrer Welt gehört, oder der einer Kleinbürgerin, die nichts anderes kennt als ihre eigene kleine Welt. Das Restaurant dagegen ist der ideale Ort für die Vermischung der unterschiedlichsten Menschen. Nur in einem Restaurant des Quartier Latin können Personen wie der tugendhafte Künstler Daniel d'Arthez und der opportunistische, immer zu Späßen aufgelegte Journalist Lousteau zusammenfinden. Eine Einladung ins Restaurant verpflichtet aus mondäner Sicht zu nichts, und ein Herzog kann dort ein Souper veranstalten, bei dem Schriftsteller, Kurtisanen und Bankiers auf Tuchfühlung miteinander kommen. Umgekehrt akzeptieren der Herzog oder der Dichter umstandslos die Einladung des neureichen Seidenhändlers Cardot beziehungsweise die seines Sohnes, des ewig beschwipsten Notars. Man versammelt sich in aller Freiheit unter dem Zeichen der Kurtisane und dem Aushängeschild des Restaurants.

Hier darf man sich eine freundschaftliche Geste erlauben, hier bietet sich die Möglichkeit zu einem vertraulichen Gespräch. Wie könnte ein Diener leichter die Gunst eines Postboten gewinnen als durch die Einladung zu einem guten Essen? Henri de Marsay, der sich in *Das Mädchen mit den Goldaugen* Zutritt zum Haus der begehrten Unbekannten verschaffen will, trägt seinem Kammerdiener auf, sich ins Vertrauen des einfachen, aber womöglich hilfreichen Briefausträgers einzuschleichen. Mit einer Einladung zu ein paar Dutzend Austern mit einer Flasche Chablis und einem anschließenden Rinderfilet auf Champignons gelangt der Diener schnell ans Ziel; aber das Lokal, »Puits sans Vin«, an der Ecke Rue de la Chaussée-d'Antin und Rue Neuve-des-Mathurin, mitten im Geschäftsviertel gelegen, ist ein Restaurant der kleinen Leute, wo man das Déjeuner schon vor zehn Uhr bekommt.[27]

Eine Frau von Welt trifft ihren Liebhaber in einem eleganten Café. Nun hat der Romancier die Wahl, ob er das Pärchen öffentlich speisen lässt, die Intimität der beiden ungeniert zur Schau stellt, oder ob er ihnen ein Separee reserviert und die Dame allein oder gar durch eine zweite Tür eintreten lässt. Abgesehen davon – auch dies ein Vorteil für den Romancier – sind die Gäste im Saal eines Restaurants weniger auf der Hut als etwa im Salon, und sei es nur, weil im ersten mehr getrunken wird: daher die freimütigen Worte, die manchmal unbeherrschten Geständnisse und vor allem, dank der dünnen Scheidewände zwischen den abgeteilten Räumen, die Möglichkeit, Vertraulichkeiten aufzuschnappen. Der ganze Roman *Das Bankhaus Nucingen* besteht aus einem beim Diner belauschten Gespräch.

Schließlich macht die Beschreibung des Rahmens, in dem die Charaktere sich entfalten, bei der Abfassung eines Romans einen wesentlichen Teil der Arbeit aus. Ist es für einen eiligen Schreiber wie Balzac nicht ein Geschenk des Himmels, wenn er die Figuren in eine Umgebung stellen kann, die seine Leser ebenso gut kennen wie er selbst? Die balzacschen Restaurants sind nie erfunden, und sehr schnell reicht ein Name aus, um die jeweilige Szene zu beleuchten. Das Restaurant wird für Balzac ein unschätzbares Arbeitsinstrument.

Balzac liefert uns also eine regelrechte Reportage der gesellschaftlichen und gastronomischen Wirklichkeit. Er spaziert mit uns durch ganz Paris, am rechten wie am linken Seineufer, schickt seine Figuren bald in die feinsten, bald in die ärmlichsten Lokale. In der *Menschlichen Komödie* nennt er über vierzig Restaurants, denn er begnügt sich nicht mit einigen berühmten Namen. Und egal, wie prächtig oder wie bescheiden das Etablissement, er verweilt bei den Gerichten, die angeboten werden, aber, typisch Balzac, ihn interessiert auch, was sie kosten. So blättern wir in einem Führer der Sterne verleiht, ohne je die Rechnung aus den Augen zu verlieren. In der *Menschlichen Komödie* verdienen zwei Restaurants die unübertrefflichen drei Sterne: »Véry« und das »Rocher de Cancale«. Beginnen wir mit dem älteren, Véry, zumal Balzac es auserkoren hat, um hier Lucien de Rubempré in die Freuden und Gefahren des Pariser Lebens einzuweihen.

Der Tag des 9. Thermidor beendete die grausamen Exzesse der Terrorherrschaft Robespierres. Die Guillotine, die Henker und die Opfer verschwanden von der Place de la Concorde. Die Pariser konnten wieder freier atmen. Die Terrasse des Feuillants am nördlichen Rand des Tuilerien-Gartens, durch eine von Hainbuchen bedeckte Mauer gegen die Straße abgeschirmt, gewann ihren ganzen Charme zurück. Unter dem Direktorium wurde sie Standort eines prunkvollen Restaurants, eröffnet von zwei Brüdern, die aus Lothringen nach Paris gekommen waren und ihm den Namen »Chez Véry« gaben. Die wahren Gastronomen kritisierten bisweilen das allzu klassische Essen, dem wenig Neues anzumerken sei, aber die vorzügliche Bedienung und die luxuriöse

Einrichtung, insbesondere die Spiegelpracht, sorgten für Zulauf und versetzten die Gäste in Entzücken. 1801 musste Véry dem Durchbruch der Rue de Rivoli weichen, blieb jedoch im Viertel und zog in ein Gebäude an der Rue de Beaujolais, gleich neben dem Palais-Royal, dorthin, wo sich heute das »Grand Véfour« befindet. Genau wie alle anderen Restaurateure bot Véry im großen Speisesaal Einzeltische an, die, sorgfältig angeordnet, durch Platz schaffende Säulen voneinander getrennt waren. Der Raum konnte mit Hilfe einer beweglichen Wand geteilt werden, und darüber hinaus gab es Separees für jeglichen Bedarf, sowohl für größere Gruppen als auch für ein Diner unter vier Augen, wo der Ober nie eintrat, ohne anzuklopfen.

Vérys Ruhm stieg unaufhaltsam. Die russischen Offiziere, die 1814 beim Feldzug gegen Napoleon nach Frankreich eindrangen, galoppierten unter dem Ruf *Véry, Véry.* »Sobald ein neuer Magen in Paris aufkreuzt, setzt er sich als Erstes dort zu Tisch, und er kehrt oft wieder. Denn da kann er sich sicher sein, dass er das ganze Jahr über gut isst, Fisch so frisch wie eben noch im Meer, hervorragendes Wild, getrüffelte Schweinsfüße, gebackene Blutwurst, Rebhuhnstreifen mit Trüffeln, Hirn und sogar Makkaroni ... Véry ist der Palast der Restaurants und das Restaurant der Paläste«,[28] heißt es in einem Restaurantführer aus der Zeit der Restauration. Kein Wunder, dass der Held in Balzacs *Verlorene Illusionen,* der junge Dichter Lucien de Rubempré, zum Trost für die niederschmetternde Kälte der Dame, die ihn nach Paris entführt hatte, bei Véry zu essen beschloss. Es brauchte einen gewissen Mut, um sich, geradewegs aus der Provinz gekommen, in das beste und eleganteste Pariser Restaurant zu wagen, nachdem man am Vorabend überhaupt zum ersten Mal in einem Restaurant gewesen war. Lucien war so neu in Paris, dass er sich den Weg zum Palais-Royal erfragen musste, aber er blieb tapfer. »Er trat bei Véry ein und bestellte, um sich an die Freuden von Paris zu gewöhnen, ein Mahl, das ihn für seine Verzweiflung entschädigte. Eine Flasche Bordeaux, Ostender Austern, ein Fisch, ein Rebhuhn, ein Makkaronigericht und Früchte waren das Nonplusultra seiner Wünsche. Er genoss diese kleine Ausschweifung, indem er daran dachte, dass er am Abend bei der Marquise d'Espard eine Probe seines Geistes ablegen und den schlechten Eindruck seiner seltsamen Gewandung durch die Entfaltung all seiner intellektuellen Reichtümer würde wettmachen müssen. Bis die Rechnung ihn aus seinen Träumen riss, denn sie raubte ihm die ganzen fünfzig Franken, mit denen er in Paris weit zu kommen gedacht hatte. Die Mahlzeit kostete so viel, wie er in Angoulême während eines Monats brauchte. Daher zog er die Tür dieses Palastes respektvoll hinter sich zu und dachte, dass er ihn nie mehr betreten werde.«[29] Balzac hatte Erfahrung mit den unglaublich hohen Rechnungen bei Véry, die ihn oft kalt erwischten, aber für sich selbst verfügte er über eine Strategie. Er gab ein dickes Trinkgeld, unterschrieb die Rechnung und ließ sie seinem Verleger bringen, persönlich überreicht von Madame Véry, einer sehr üppigen Dame, wenn man der Zeichnung des englischen Karikaturisten Rowlandson glaubt, die im Speisesaal hinter der Kasse thronte, mit Adleraugen die Kellner, die Gäste überwachte und eifrig Zahlen addierte.

Trotzdem frage ich mich, ob Balzac nicht Vérys großen Rivalen, das fröhlichere, modernere Rocher de Cancale, vorzog, wo es entspannter zuging, wie es sich für ein Restaurant im volkstümlicheren Hallen-Viertel gehört. Vor allem aber zeichnete sich das Rocher durch erstklassige Austern aus. Und Balzac war, darin unterscheidet er sich kaum von seinen Zeitgenossen, auf Austern geradezu versessen. Man bedenke, dass Ludwig XVIII. in Gent, wo er während der Hundert Tage Zuflucht gesucht hatte, oft zehn Dutzend Austern als Vorspeise verschlang. Da sein Esszimmer zur Straße hin lag, musste der wachhabende Offizier ständig die Kinder verscheuchen, die hinter den Fenstern die Hälse reckten und laut mitzählten, wie viele Portionen der König im Exil konsumierte.[30] Wen wundert es da noch, wenn die balzacschen Figuren vom Austernschlürfen nicht genug bekommen? Aus einem Gespräch in *Die Herzogin von Langeais* erfahren wir ganz beiläufig, dass der nach Petersburg emigrierte Comte de Montriveau vor lauter Heimweh täglich zehn Dutzend Austern verzehrt habe, ohne sich deswegen Gicht oder Gallensteine zuzuziehen. Die hübsche Coralie verlangt Austern mit Zitrone, um ihrem geliebten Lucien beim ersten Déjeuner ein richtiges Fest zu bereiten, und sogar der abstoßende Claparon, ein anrüchiger Geschäftsreisender, der in einem Dreckloch wohnt, isst Austern an seinem hastig abgeräumten Arbeitstisch. Der reiche Bourgeois Balthasar Claes indes lässt sich als Kenner seine Austern direkt aus Ostende kommen.

In Paris war Alexis Baleine, Begründer des Rocher de Cancale, der unbestrittene König der Austern. Er hatte klein angefangen, als Austernverkäufer in den Pariser Hallen, mitten auf dem Fischmarkt, hatte aber mit seinem Stand ein gutes

Geschäft gemacht. Austern waren so beliebt, dass die Pariser im Jahr 1826 mehr als eine Million Francs dafür ausgaben, das entspricht einem Viertel der Summe, die insgesamt für Fisch und Muscheln ausgegeben wurde. Zu Beginn des Jahrhunderts eröffnete Balaine ein Restaurant an der Ecke Rue Montorgueil und Rue Mandar, eines jener guten Häuser zweiten Ranges, aber eines, das Feinschmecker sich merkten, namentlich Cambacérès, der ein echter Kenner und damals Zweiter Konsul war. Die Protektion dieses Mannes reichte aus, um der Küche ihren guten Ruf zu bescheren, denn er war berühmt für die exzellente Tafel, die er selbst seinen Gästen bot. Einer Anekdote zufolge geriet er außer sich vor Wut, als Napoleon 1801 die Posttransporte auf Briefe und Depeschen beschränken wollte; empört eilte Cambacérès zum Ersten Konsul und protestierte mit den Worten: »Ich bitte Sie, wie soll man sich Freunde machen, wenn man keine erlesenen Speisen zu bieten hat? Man regiert doch schließlich über die Tafel.« Angesichts dieser Entrüstung gab Napoleon nach und erlaubte ihm, sich auch weiterhin seine getrüffelten Puten aus der Provinz, seine Pasteten aus Straßburg, seinen Mainzer Schinken und seine Rothühner, die er den grauen, den Rebhühnern, vorzog, mit der Post kommen zu lassen.

Bald gab die »Epikureische Gesellschaft« ihre Diners bei Balaine. Das Rocher de Cancale war der neue Renner, die Preise schnellten in die Höhe, und es konnte sein Ansehen über lange Jahre bewahren. Balaine stellte eine außergewöhnliche Karte zusammen, bot aber weiterhin auch die einfachsten Sachen an, Schinken mit Spinat oder Blätterteigpasteten, und natürlich Austern, zu jeder Jahreszeit, immer

Spitzenqualität, selbst bei größter Hitze. Zu Balzacs Zeiten war Balaine schon im Ruhestand und hatte den Betrieb für hundertsiebzigtausend Francs – eine stattliche Summe, etwa so viel wie die Mitgift der Tochter eines napoleonischen Reichsmarschalls – an Borel verkauft, der sein Handwerk bei einem Ehemaligen aus der Küchenbrigade des Fürsten von Condé gelernt hatte. Dem Restaurant schadete es nicht, und Balzac gab ihm den Vorzug. Wie sehr er es schätzte, zeigt die Einladung, die er einem seiner Bewunderer, einem jungen Russen, Monsieur de Lenz, zuteilwerden ließ. Lenz habe ihn unbedingt treffen wollen und unerhört gedrängt, schrieb Balzac an Madame Hanska. Er gab schließlich nach und organisierte ein Essen im Rocher, gemeinsam mit seinem Freund Léon Gozlan und Victor Hugo, den er wie folgt einlud:

»Mein lieber Meister, ich möchte Sie kurz sprechen, und da es um ein Diner am Donnerstag im Rocher de Cancale geht, verpflichten Sie sich nicht anderweitig und halten Sie mir Ihren Abend frei. Ich komme morgen, Mittwoch, gegen Mittag, dann werde ich es Ihnen erklären.
Von Herzen erwarten Sie nur ein Russe,
der Sie verehrt, Léon Gozlan und ich.«[31]

Über das Menü ist uns leider nichts bekannt, außer dass Balzac und Lenz bald eine Garnele, bald ein Radieschen naschten, während sie auf Hugo warteten; aber der überaus prunkvolle und appetitanregende Tisch, »die Schönheit der gut geschmorten, liebevoll angerichteten Bratenstücke, ihre Frische und Reinheit in allem waren schon ein Augenschmaus«,[32] und Borel, der sie gebührend empfangen hatte, verwöhnte sie mit der Sorgfalt, die er den größten Feinschmeckern unter seinen Kunden angedeihen ließ. Die heutige Entsprechung des Rocher de Cancale wäre eine Mischung aus »Taillevent« und »Lipp«, mit einer ungewöhnlichen Küche und einem bunten Publikum, wo Politiker, Journalisten, Schriftsteller, Verleger, Schauspieler und Leute der vornehmen Gesellschaft zusammentreffen. Für Balzac ein idealer Ort, und so schickt er von 1815 bis 1846, dem Jahr, da das Rocher seine Tore schließt, die gesamte Belegschaft der *Menschlichen Komödie* dorthin, ob zum Liebesmahl oder zu Verführungszwecken, zu Soupers der Kurtisanen oder Diners der Leute von Welt. 1815 erleben wir, wie Henri de Marsay, hoffend und bangend um das eingefädelte Rendezvous mit der geheimnisvollen Paquita, im Rocher de Cancale seine Ungeduld zu beherrschen sucht, indem er trinkt »wie ein Droschkenkutscher und frisst wie ein Deutscher«.[33] Die Schreiber eines Anwalts feiern dort ein Fest, das alle Rekorde bricht – ein Essen von drei Uhr nachmittags bis zehn Uhr abends![34] Und auch in *Verlorene Illusionen* ist Rocher de Cancale das Restaurant, in das der elegante du Châtelet Madame de Bargeton und den unerfahrenen Lucien gleich am Abend ihrer Ankunft führt, um sich der Dame als eingefleischter Pariser zu zeigen, der sich dort »wie ein Fisch im Wasser« bewegt. »Du Châtelet lächelte über das Zögern, die Verwunderung, die Fragen, die kleinen Verstöße, deren sich sein Nebenbuhler auf dem ungewohnten Boden schuldig machte – ganz wie die alten Seebären sich über Neulinge lustig machen, die noch nicht seefest sind.«[35] Den rechten Ton gegenüber Kellnern anzuschlagen,

»die ein Provinzler, so nicht das Alter wäre, für Diplomaten halten konnte, und die seriös auftraten wie hoch bezahlte Leute«,[36] selbstbewusst in einer Speisekarte zu blättern, setzte gewisse Kenntnisse voraus, die Lucien schnell erwarb, als er begann, mit Schauspielerinnen zu verkehren, die ihn fröhlicher und nachsichtiger einführten als du Châtelet, der so begierig darauf war, ihn zu erniedrigen.

Zugegeben, die endlose, in kleiner Schrift vierspaltig gedruckte Speisekarte des Rocher de Cancale sah tatsächlich eher wie eine Tageszeitung aus. Genau wie Véry hatte Borel mehr als hundert Gerichte im Angebot. Allein Kalb gab es in Form von Braten, gespickten Medaillons, Geschnetzeltem, als Frikandeau, als Hirn, als mariniertes, gebackenes, gefülltes Ohr oder Ohr mit Erbsen, als Kopf, Zunge, Bries, Kotelett oder Brust. Überdies war das Vokabular für Neulinge oft ein unergründliches Rätsel. Sollte man lieber eine Taube »à la crapaudine« oder »à la financière« nehmen – nach Krötenart oder nach Art der Finanzleute? Und was mochte wohl ein »Epigramm vom Lamm« sein? Für welche Sauce sich entscheiden, holländische, deutsche, spanische, italienische, bayrische, mit Plüsch, Distelohr oder besser Robertsauce? Um den Provinzlern und Ausländern das Leben zu erleichtern, kam ein Journalist, Honoré Blanc, auf die glorreiche Idee, die Speisekarten von einundzwanzig Restaurants abzudrucken und in einfaches Französisch zu übersetzen, auf dass all die Grünschnäbel ihr Essen bestellen konnten, ohne sich lächerlich zu machen.

Die zahllosen Zubereitungsarten versuchten allerdings auch über einen beschränkten Reichtum an kulinarischen Grundelementen hinwegzutäuschen. Das Haushaltsbuch aus der Küche des Bankiers James de Rothschild, in dem die täglichen Speisen aufgelistet sind, liefert den Beweis. Die Kinder des Barons aßen jeden Abend Hühnchen, nur am Neujahrstag bekamen sie Rinderfilet, und bei seltenen Ausnahmen Merlan. Wenn die Eltern ihr Diner allein einnahmen, tauchte das unvermeidliche Hühnchen wieder auf. Für größere Tafeln am Abend bereiteten der Küchenchef Carême und später dessen Nachfolger drei- oder viermal in der Woche ein Stück Rindfleisch zu, das nur mit wechselnder Garnitur gereicht wurde, gefolgt von Wild und, als Fischgericht, entweder Lachs oder Steinbutt. Kalb und Lamm standen selten auf der Speisekarte. Rinderzunge und Kalbsbries wurden oft als Gehacktes verwendet, aber selten als Hauptgericht. Die heute so geschätzte Kalbsleber war der Dienerschaft vorbehalten.

Wie dem auch sei, trotz der Schwierigkeiten bei der Auswahl des Menüs war es immer schmeichelhaft, ins Rocher de Cancale eingeladen zu werden. In *Die Muse der Provinz* lädt Dinah ihren Liebhaber dorthin ein, um ihm die Aufkündigung ihrer Liebschaft zu versüßen; in *Verlorene Illusionen* benutzt der verschlagene Vautrin ein exquisites Diner, um sich Esther, die junge Kurtisane, in blindem Gehorsam zu unterwerfen; und in *Tante Lisbeth* buhlt Baron Hulot um die Zuneigung von Valérie Marneffe, indem er sie immer wieder ins Rocher de Cancale ausführt. Sogar die Herzogin Diane de Maufrigneuse, zu vornehmen Standes, um in Restaurants zu gehen, ist neugierig darauf, und ihr junger Verehrer nimmt sie schließlich mit. »Sie liebte das Groteske und das Unvorhergesehene. Sie kannte das Leben in den Restaurants nicht: d'Esgrignon gab im Rocher de Cancale mit den liebenswürdigen Lebemännern ein entzückendes Gelage. Die Herzogin nahm daran teil und predigte den jungen Leuten Moral. So heiter und geistvoll war das Fest, wie es kostspielig war.«[37] Aber so freisinnig die hübsche Diane auch sein mochte, den Höhepunkt der Ausschweifung am Schluss von *Tante Lisbeth* hat Balzac ihr erspart: An diesem Abend sah man im Rocher de Cancale berauschend schöne Frauen, geschmückt mit Perlen und Diamanten und mit seltenen Blumen im Haar, durch den großen Saal in einen abgeteilten Salon eintreten; die Kleider aus Atlasseide waren »mit kostbaren irischen Spitzen besetzt, deren Erlös bei einem Verkauf genügend ergeben hätte, um davon ein ganzes Dorf einen Monat lang ernähren zu können«.[38] An einer herrschaftlichen Tafel, auf der das Silberservice prangte, das Borel derartigen Festlichkeiten vorbehielt, unter einer Lichterflut, machten sich die Kurtisanen, umringt von ihren männlichen Bewunderern, lachend und lärmend über die Austern her und ergötzten sich, immerfort plaudernd und scherzend, an Suppen, Geflügel, Pasteten, Fisch und Braten. Dazu wurden, bei vierzehn Soupierenden, zweiundvierzig Flaschen Wein geleert. Eine Zahl, die unwahrscheinlich klingt, und doch: Théophile Gautier war Zeuge, wie Balzac, um die Abgabe eines Manuskripts an seinen Verleger zu feiern, »vier Flaschen weißen Vouvray, einen Wein von der schwersten Sorte überhaupt, hinunterstürzte, was seinen regen Geist nicht im geringsten beeinträchtigte und seine Fröhlichkeit nur etwas lebhafter sprudeln ließ«.[39] Wein blieb bei ihm ohne jede Wirkung – vielleicht weil die lange Gewohnheit des Kaffeetrinkens ihn abgehärtet hatte. Jedenfalls gab er zu, ein »kostspieliger Gast«[40] zu sein.

Es wurde damals enorm viel getrunken, und nur selten Wasser. Die einzigen Wassertrinker in der *Menschlichen Komödie* sind der Schriftsteller Daniel d'Arthez, das Ideal des selbstlosen Künstlers, und die Marquise d'Espard, die dadurch ihre Jugend zu bewahren glaubt. Balzac erwähnt noch einen Mann, der Wasser trinkt, aber dieser tut es unter sehr speziellen Umständen. Es handelt sich um den Bankier Taillefer, der im Laufe eines Diners jemanden von einem geheimnisvollen Mord erzählen hört. Für Taillefer ist daran nichts Geheimnisvolles, denn der Mörder ist er selbst. In seiner Nervosität trinkt er, ein Glas nach dem anderen, zwei Karaffen Wasser und lenkt durch dieses Verhalten den Verdacht auf sich. Im Jahr 1826 hatte Paris 875 000 Einwohner, darunter Alte und Kinder, die nur verdünnten Wein tranken, und der Weinkonsum belief sich auf 976 000 Hektoliter – Bier, Apfelwein und Branntwein nicht inbegriffen. So gesehen erscheinen die zweiundvierzig Flaschen weniger skandalös, außer für den Unglücklichen, der die Rechnung bezahlen musste. Das Rocher war teuer, ebenso teuer wie sein Rivale Véry.

Balzac amüsiert sich mit der bunten Gesellschaft seiner Figuren zu gut im Rocher de Cancale, als dass er den anderen, ähnlich berühmten Restaurants die gleiche Aufmerksamkeit geschenkt hätte. Nur eines der Großen erwähnt er noch, »Les Frères-Provençaux«, dessen Inhaber in Wirklichkeit keine Brüder waren, sondern drei Vettern aus der Provence, die, von der Revolution nach Paris gelockt, nahe dem Palais-Royal, in der Rue Helvétius, der heutigen Rue Sainte-Anne, gegenüber der Rue Louvois ein Lokal eröffnet hatten. Hier, in rustikaler Atmosphäre, mit Wachstuch auf den Tischen, konnten die Pariser bei Bouillabaisse oder Brandade provenzalische Spezialitäten entdecken. Nach den Jahren des Terrors unter Robespierre zogen die Frères-Provençaux in die Galerie des Beaujolais, und obwohl etwas bescheidener in den Preisen, war ihre Küche doch so gut wie bei Véry oder im Rocher. Aber Balzac hält sich nicht lange mit ihnen auf und schickt nur Figuren dorthin, die er nicht mag, wie die Eltern des jungen Felix de Vandenesse oder den falschen Bankier, den nichtswürdigen Claparon, der zum Ruin Cäsar Birotteaus beiträgt. Das Restaurant mochte vorzüglich sein, doch in Balzacs Führer ist es nicht die glorreichen drei Sterne wert. Außerdem kann er das Viertel nicht besonders leiden.

Ab 1830 hat man den Eindruck, dass die tonangebenden jungen Leute sich vom Palais-Royal abgewendet haben. Dort treffen sich noch Männergesellschaften, etwa zu Déjeuners bei Grignon – aber dies sind eitle Zurschaustellungen, alles andere als elegant, und sie enden immer mit Saufszenen, ein definitives Zeichen des Niedergangs. Das Palais-Royal mit seinen Ladengalerien, seinen Cafés, Restaurants, seinen Spiel- und Freudenhäusern, während des ganzen achtzehnten Jahrhunderts »der Bauch der Vergnügungen und Geschäfte«, ist also unangenehm geworden, und in manchen Ecken sogar finster. Esther Gobseck wohnt eine Zeit lang dort, in der Rue de Langlade, die Balzac als düster und kotig beschreibt, nachts gespenstisch und voller Kontraste. In *Gambara* lässt er seinen Helden die Rue Froidmanteau betreten, eine schmutzige, dunkle, verrufene Gasse: »Sie war eine Art Abfluss, den die Polizei in der Umgebung des gesünderen Palais-Royal duldete, wie wenn ein italienischer Majordomus es hinnimmt, dass ein nachlässiger Diener den Kehricht aus seiner Wohnung unter die Treppe fegt. Der junge Mann zögerte. Man hätte meinen mögen, eine Bürgerin im Sonntagsstaat, die vor einem durch einen Platzregen geschwollenen Rinnsal den Hals reckt.«[41] Das Wort »Bürgerin« fällt hier nicht zufällig: Die Schamlosigkeit und das Laster im Umkreis des Palais-Royal missfielen dem aufsteigenden Bürgertum.

Von nun an ist es der Boulevard des Italiens, »den alle Leute von Rang und Namen mindestens einmal am Tag überqueren«, schreibt Balzac 1844 in einem Artikel über die Entwicklung der neuen Viertel, und begeistert fährt er fort: »Die Boulevards sind heute für Paris, was der Canal Grande für Venedig war, ... was der Corso für Rom, ... der Graben für Wien ist ... Dort herrscht die Freiheit des Geistes, dort spielt sich das Leben ab.« Hier finden sich alle großen Cafés, das »Hardy« an der Ecke der Rue Lafite, das »Riche« an der Ecke der Rue La Peletier, das »Café de Paris« und das »Café des Anglais«. Diese Cafés sind selbstverständlich Restaurants, aber in einem neuen Stil. Es geht weniger strikt zu als in den großen alten Speisesälen am Palais-Royal, wo die Gastronomie noch an erster Stelle stand. Hier zählt der Chic ebenso viel wie das Essen. Man geht ins Café, um gesehen zu werden, nicht so sehr, um köstlich zu speisen, obwohl die Küche im Café des Anglais nur zu empfehlen ist. Und damit nicht genug, es verfügt auch über zweiundzwanzig kleine Separees. Kein Wunder also, dass Balzac Delphine de Nucingen hier ihre Auftritte verschafft. Beim Koch des Café des Anglais bestellt sie ein Diner, welches in die Junggesellenwohnung, die sie für Rastignac hergerichtet hat, geliefert werden soll. Ein paar Jahre später hat Rastignac sich eingelebt, ist selber Stammgast des Lokals geworden, und man sieht ihn dort oft mit Henri de Marsay, dem wildesten aller Salonlöwen der *Menschlichen Komödie*. Im Café de Paris ist die Küche zwar bei Weitem nicht so gut, aber das erlesene Ambiente, die bequeme Einrichtung, das immer auf Hochglanz polierte Silber gefallen den reichen jungen Leuten. Dort fühlen sie sich wohl, dort lassen sie sich nieder.

Ein berühmtes Café fehlt in der *Menschlichen Komödie:* das Café Hardy, dessen Wirtin das »déjeuner à la fourchette« einführte – so genannt, weil der Ober am kalten Büfett stand und dem Gast die gewünschte Speise mit einer langen Gabel auftat. In der ersten Zeit, während der Revolution, bot Madame Hardy nämlich noch keine warme Küche an. Ihre Kunden waren Männer, die ab elf Uhr vormittags Austern, Innereien, Wurstwaren und Pasteten konsumierten. Es gab Salate, aber kein Gemüse, und zum Nachtisch Pudding, Cremes oder Eis. Später, unter dem Kaiserreich, als das Déjeuner mehr Gewicht bekam, richtete Madame Hardy vor dem Büfett, auf dem nunmehr die rohen Waren ausgebreitet waren, einen großen Grill ein, und der Oberkellner bereitete vor den Augen der Gäste getrüffelte Schweinsfüße, Nieren oder Geflügelfilets zu. Diese Art der Bewirtung war ein durchschlagender Erfolg, und doch konnte sich das Lokal, zum großen Leidwesen von Madame Hardy, nie als Restaurant durchsetzen, das man abends zum Diner aufsuchte. Nach dem Ruhestand seiner Gründerin verlor es während der Restauration zunehmend an Bedeutung.

Unter der Julimonarchie ist es das Café de Paris, wo sich die Gecken der balzacschen Gesellschaft zum Déjeuner einfinden. Der gute Ton verlangt, dass diese Mahlzeit nicht allzu ernst genommen wird, obwohl sie sehr reichhaltig geworden ist. In einem Artikel, den Balzac in *La mode* veröffentlicht, preist er eine anmutige Lässigkeit für das mittägliche Essen. Wer dort zu elegant erscheint, gilt als der letzte Tölpel. So ergeht es Sylvestre Gazonal, einem Spitzenfabrikanten aus den hinterwäldlerischen Ostpyrenäen, der auf Geschäftsreisen in die Hauptstadt kommt und von seinem Vetter, dem mondänen Maler Léon de Lora, ins Café de Paris eingeladen wird. Der Provinzler macht den Fehler, zu diesem Anlass seinen kornblumenblauen Rock mit den vergoldeten Knöpfen, Jabothemd, weiße Weste und gelbe Handschuhe anzulegen. Schlimmer noch, er begeht den Fauxpas, dass er zu früh erscheint. Um zehn Uhr zum Déjeuner? In Paris mache man sich damit lächerlich, muss er sich vom Oberkellner sagen lassen: Die Herren pflegten zwischen elf und zwölf zu speisen. Tatsächlich tauchen Lora und dessen Freund, der Karikaturist Bixiou, um halb zwölf auf, so einfach gekleidet, dass sie, Gazonal zufolge, »eigentlich nach nichts aussahen«. Was dann kam, war ein ungeheuerliches Schlemmermahl: »Dabei wurden, die Vorspeisen nicht gerechnet, sechs Dutzend Ostender Austern, sechs Koteletts à la Soubise, ein Huhn à la Marengo, eine Hummermayonnaise, junge Erbsen und geröstete Champignonschnitten gegessen, dazu drei Flaschen Bordeauxwein, drei Flaschen Champagnerwein, mehrere Tassen Kaffee und etliche Liköre getrunken.«[42] Am Ende jedoch war Gazonal weniger vom Essen beeindruckt als von der Zahl der Goldstücke, mit denen die Rechnung beglichen wurde. Sogar das Trinkgeld, das der Kellner bekam, habe dreißig Sous betragen, den Tageslohn eines Arbeiters, erzählte er seinen Freunden wieder daheim in der Provinz.

Die Kundschaft des »Café Riche« ist weniger unbeschwert. Ein zeitgenössischer Stich vermittelt uns eine Vorstellung von diesem Großbetrieb. In einer Ecke der riesigen Küche sieht man einen Rost, auf dem leicht sechs Spieße Platz haben, in einer anderen die Vorratskammer, in der Hasen, Rebhühner und Fasane hängen; in der Mitte den mächtigen Backofen, an dem sich ein Dutzend Köche zu schaffen machen. Vor dem mit Hummern und Fischen gefüllten Vivarium bereiten Patissiers an zwei langen Tischen kunstvolle Desserts zu, Küchenhilfen richten Teller an. Ringsum an den Wänden Regale für das Geschirr, die Glasbehälter, und am Boden Tonnen mit Sardellen, Sardinen und Gewürzgurken. Pfannen und Töpfe schließlich baumeln, an Stangen aufgehängt, von der Decke herab. Inmitten des Getümmels sorgen drei gestrenge Herren in schwarzer Kleidung für das ungehinderte Durchkommen der Kellner. Ins Riche geht man nicht, um sich zur Schau zu stellen, sondern um seine Tagesmahlzeit einzunehmen, was schnell zur Gewohnheit werden kann. Der von Geldsorgen geplagte Journalist Etienne Lousteau, unfreiwillig in häuslicher Gemeinschaft mit seiner Muse Dinah de la Baudraye, die ihr Schloss samt ihrem Gemahl, dem vermögenden Baron, aufgegeben hat, um mit Etienne in Paris zu leben, führt sie jeden Abend zum Essen dorthin, bis die Baronin merkt, welch ungeheure Summen der Spaß kostet:

»›Mein Kätzchen‹, sagte sie zu ihm, ›vollende deine Novelle, ohne irgendetwas zu vernachlässigen, feile deinen Stil, forme deinen Stoff. Ich habe lange genug die Dame gespielt, jetzt will ich die Bürgersfrau sein und deinen Haushalt führen.‹

Seit vier Monaten speiste Etienne mit Dinah allabendlich in einem für sie reservierten Kabinett des Café Riche. Die Provinzlerin war entsetzt, als sie hörte, dass Etienne dort für die letzten vierzehn Tage fünfhundert Francs schuldig war.

›Was, wir trinken Wein zu sechs Francs die Flasche, eine normannische Seezunge kostet hundert Sous! ... ein Brötchen zwanzig Centimes!‹, rief sie, als sie die Rechnung las, die der Journalist ihr reichte.

›Ob man von einem Restaurateur oder von einer Köchin bestohlen wird, macht für unsereins wenig Unterschied‹, sagte Lousteau.«[43]

So verwandelte sich Dinah, aus der Dame wurde eine Hausfrau, und das sollte ihr schlecht bekommen. Für ihren Liebhaber verlor sie jeden Reiz. Sie hätte besser daran getan, weiterhin auswärts zu essen, und sei es in einem billigeren Restaurant. Gute Küchen, die weniger renommiert, weniger elegant, aber doch einen Besuch wert waren, gab es in Paris zur Genüge.

Die Restaurants haben einen solchen Aufschwung erlebt, eine solche soziale Bedeutung gewonnen, dass man sie jetzt in der ganzen Stadt verstreut findet. Balzac liebte es, zu Fuß durch Paris zu laufen. Sein Freund Gozlan beschreibt endlose Spaziergänge mit ihm unter dem Vorwand, sich Schilder ansehen zu wollen, um Namen für seine Romanfiguren zu finden oder auf neue Ideen zu kommen. Ein Wirtshausschild mit dem Zifferblatt einer Uhr, deren Zeiger auf vier standen, erregte Balzacs Aufmerksamkeit. Es handelte sich um ein Restaurant am Boulevard du Temple, an der Ecke Rue Charlot, weit vom Geschäftszentrum entfernt, aber das tat seinem Ruf keinen Abbruch. Das Essen im »Cadran Bleu« ist berühmt und zieht eine Kundschaft an, die hin und wieder gern ein bisschen Geld ausgibt, um sich zu verlustieren. Das Cadran Bleu hat über lange Zeit in der Mitte des Speisesaals einen großen Gästetisch bewahrt, das Angebot aber um rund zwanzig Einzeltische und vor allem achtzehn Separees erweitert. Es ist ein Ort, wo Vautrin, der sich dort auskennt, gern mit der dicken Mama Vauquer, der Besitzerin der gleichnamigen Pension, überbackene Pilzschnitten essen würde. Sie würde zu diesem Anlass ihr Korsett schnüren und sich in einer Weise aufputzen, dass sie einem anderen Restaurantschild gliche, dem des »Bœuf à la Mode«. Im Cadran Bleu war es auch, wo sich die schreckliche Cibot, die gefürchtete Concierge aus *Vetter Pons,* einen Ruf als schönes Austernmädchen erworben hat. Balzac treibt es bei seinen Erkundungszügen noch weiter, bis an den Schlagbaum von Clichy, wo eine Schenke aus der Zeit vor der Revolution im Jahr 1814 berühmt geworden war, weil sie Marschall Moncey bei dessen erbittertem Widerstand gegen die Russen als Kommandozentrale gedient hatte. Mit der Rückkehr der Bourbonen stürzten sich die Leute von Welt auf dieses Lokal, um sich mit dem Volk und einem derben Personal gemeinzumachen. Die Küche war köstlich, und zum Beweis zieht Balzac die Treue des Bettlers von Saint-Sulpice heran, der, wie alle Bettler, die sich auf ihr Geschäft verstehen, ein Vermögen angesammelt hat. Ein anderer Ort, den die Pariser liebten, um sich Pöbeleien abzuholen, war das »Katcomb«, ein seltsames Restaurant im Erdgeschoss – die meisten Restaurants lagen im ersten Stock –, das von einem Engländer geführt wurde. Man bekam nur Roastbeef mit Kartoffeln, weißen Rüben, Karotten und Bohnen. Auf den Tischen, deren Tücher nur einmal am Tag gewechselt wurden, fanden die Gäste – außer einer kleinen Karaffe Wein – eine Bürste vor, damit sie sich von den Krümeln befreien konnten. Und der Preis war für alle gleich. Wen wundert es, dass Balzac einen Gerichtsschreiber täglich für zwanzig Sous dort essen lässt. Zwanzig Sous, das ist der Betrag, den jeder beim Hinausgehen am Kassentisch entrichtet, und niemand hinterlässt ein Trinkgeld für die Kellnerin, die übrigens alle Gäste gleichermaßen schlecht behandelt. Auch der Wirt, das muss man sagen, stammt nicht aus dem Land des Lächelns und nimmt weder Bitten noch Beschwerden an.

Die kleinen Beamten haben ihren Treffpunkt anderswo, im »Veau-qui-tête« an der Place du Châtelet, und dann gibt es noch das »Cheval Rouge«, das eine Sonderstellung einnimmt. Das Cheval Rouge ist so bescheiden, so wenig attraktiv, dass man dort hauptsächlich hingeht, wenn man von keinem Störenfried gesehen oder gehört werden will. Das ist nicht einfach. Im Restaurant riskiert man immer, erkannt oder belauscht zu werden, selbst wenn man in einem Separee mit leiser Stimme spricht. So überlegen die Komplizen Cerizet und Theodosius in *Die Kleinbürger* lange, wo sie hingehen sollen, um eine List auszuhecken, ehe sie sich für das Cheval Rouge am Quai de la Tournelle entscheiden, wo sie sicher sind, um sieben Uhr abends niemanden zu treffen. Balzac kannte die Verhältnisse dort sehr genau.

Eine Zeit lang hatte er die Idee, einen Geheimbund für Journalisten zu gründen, um sich auf diese Weise die Gunst der Kritiker zu sichern, aber dafür brauchte er einen diskreten Ort, wo die Gruppe sich versammeln konnte. Sein eingeweihter Freund Gozlan erzählt, die Verschwörer hätten sich um vier Uhr nachmittags im Jardin des Plantes getroffen und seien von dort gemeinsam aufgebrochen, um in einem Restaurant zu essen, das Balzac ganz in der Nähe entdeckt hatte. Die Gruppe folgte ihm also. Heiter und gelassen blieb er beim Weinkai kurz vor dem Pont de la Tournelle stehen. »Von dort aus«, schreibt Gozlan, »sah ich weit und breit kein Restaurant, nichts, was irgendwie an ein Café erinnerte, nur etwas Schäbiges, undefinierbar wie der Laden eines Weinhändlers am Stadtrand. Ich hob den Kopf ... und entdeckte nur ein unförmiges Schild, verloren in Höhe des zweiten Stocks eines schmalen Gebäudes. Auf diesem Schild ... erkannte ich ein plumpes, aufgebäumtes Zugpferd, mit roter Farbe angemalt, ... und unter seinen Hufen die Worte: *Au Cheval rouge – Zum roten Pferd!* ... Der Salon oder vielmehr der Saal, den wir betraten, sah nicht besser aus als das Schild, genauso schrecklich und vulgär. Es war ein Schuppen hinten im Innenhof, zwischen einem Brunnen und einer Lagerhalle für leere Fässer ..., die roten Pferde bekamen bei diesem ersten Diner einen ziemlichen Fraß vorgesetzt.«[44]

Mit dem Cheval Rouge tauchen wir endgültig in jene Niederungen ein, wo es keine Sterne mehr gibt, Studentenrestaurants, Wirtshäuser, in denen man für weniger als zwei Francs isst. Diese Einrichtungen boten gehobene Hausmannskost – eine Speisekarte und einen sauberen Tisch – zu so geringen Preisen, dass sogar die ewig sparsame Tante Lisbeth es für vernünftig hielt, wenn ein Junggeselle das Abendessen im

Restaurant einnahm. Brillat-Savarin zufolge waren viele Restaurateure auf den Dreh gekommen, dass es sich lohnte, für eine große Kundschaft von Kleinbürgern, Studenten, Militärs, Angestellten oder Fremden gesunde und billige Speisen anzubieten. Es genügte eine gute Zubereitung von Fleischsorten, die man im Einkauf günstig bekam, eher Rind als Kalb, eher Innereien als Koteletts, eher Hering, Makrelen, Merlane oder Rochen als Seezunge und Hecht, eher Geflügel als Wild, niemals Spargel oder Erdbeeren, sondern Karotten, weiße Rüben und Äpfel. Fast überall kann man mit dem Essen vollkommen zufrieden sein, obwohl Lucien in *Verlorene Illusionen* vor Wut platzen könnte, dass er sich damit begnügen muss, für vierzig Sous bei »Hurbain« am Palais-Royal zu essen. Balzac nennt auch das »Tabar«, hinter der Rue Saint-Honoré, wo der Journalist Finot in seinen Anfängen verkehrte, als er noch »auf zerrissenen Sohlen« ging und »sein Rock ihm dank einem Geheimnis auf dem Leib hielt, das ebenso undurchdringlich war wie das der unbefleckten Empfängnis«.[45]

In dieser letzten Kategorie ist es das »Flicoteaux«, das berühmte Restaurant des Quartier Latin, das am genauesten und ausführlichsten beschrieben wird. Wie gesagt, dienen die Restaurants Balzac stets dazu, die Handlung voranzutreiben. Das Flicoteaux und die Pension Vauquer, von der später die Rede sein wird, liefern die besten Beispiele.

»Der Name Flicoteaux haftet in manchem Gedächtnis. Unter den Studenten, die während der ersten zwölf Jahre der Restauration im Quartier Latin wohnten, gibt es wenige, die diesen Tempel des Hungers und des Elends nicht besucht hätten. Die Mahlzeit, die aus drei Gängen bestand, kostete achtzehn Sous, einschließlich einer kleinen Karaffe Wein oder einer Flasche Bier, und zweiundzwanzig Sous mit einer Flasche Wein. Wenn dieser Freund der Jugend kein ungeheures Vermögen gemacht hat, ist sein Grundsatz schuld, der auch in fetten Buchstaben auf den Speisekarten der Konkurrenz stand und besagte, dass Brot nach Belieben zur Verfügung stehe – die Diskretion wurde in Wahrheit bis zur Indiskretion ausgenutzt.

Mancher berühmte Mann kann Flicoteaux seinen Nährvater nennen, und manches Mannes Herz muss von unaussprechlichen Gefühlen bewegt werden, wenn er das Schaufenster mit den kleinen Scheiben erblickt, das auf den Platz vor der Sorbonne und die Rue Neuve de Richelieu geht. Flicoteaux II. und Flicoteaux III. haben bis zu den Julitagen noch nicht daran gerührt, nicht an die braunen Töne, nicht an das ganze alte, ehrwürdige Aussehen; welch tiefe Verachtung für den Wert, den die Scharlatane auf das Äußere legen. Statt für den Magen machen sie Reklame für die Augen, fast in allen Speisehäusern heutzutage. Der ehrliche Flicoteaux präsentierte nicht auf Stroh einen Haufen Geflügel, der nie gebraten wurde, nicht jene fantastischen Fische, die das Scherzwort rechtfertigen: Ich habe einen schönen Karpfen gesehen, in acht Tagen kaufe ich ihn. An Stelle dieser Erstlinge, die besser Letztlinge genannt würden und nur für Korporäle und deren Bräute aufgebaut werden, stellte er mit allem Zubehör geschmückte Salatschüsseln ins Fenster oder andere mit gekochten Pflaumen, ergötzend für den Blick des Essers, der sich sicher sein konnte, dass es das hier gab, was anderswo mehr auf den Karten als vor dem Gast steht: einen Nachtisch. Die Sechspfundbrote, in vier Teile geschnitten, beruhigten den, der dem Versprechen des nicht berechneten Brots misstraut hätte …

Dieses berühmte Speisehaus bestand damals aus zwei Räumen, die mit dem Winkelmaß gezogen waren, langen, niederen und engen Räumen; der eine empfing sein Licht von dem Platz, der andere von der Gasse. In jedem standen Tische, die aus dem Refektorium einer Abtei zu stammen schienen und in der Länge etwas Klösterliches an sich hatten. Die Mundtücher der regelmäßigen Kostgänger steckten in nummerierten, metallisch glänzenden Moiréhüllen. Flicoteaux I. wechselte seine Tischtücher nur am Sonntag; aber Flicoteaux II. wechselte sie, sagt man, zweimal in der Woche, seitdem die Konkurrenz den Bestand der Dynastie bedrohte.

Dieses Restaurant ist eine Werkstatt mit lauter Arbeitszeug und nicht der Festsaal, der Eleganz und Vergnügungen ausstrahlt: Keiner bleibt länger, als er muss. Alles geht mit der größten Schnelligkeit vonstatten; die Kellner kommen und gehen, sie haben keine Zeit, herumzustehn, sie werden gebraucht, sie sind beschäftigt. Die Kost bietet wenig Abwechslung. Immer gibt es Kartoffeln; wären in Irland oder auf der ganzen Welt keine mehr aufzutreiben, bei Flicoteaux fände man sie, wo sie seit dreißig Jahren unter jenem von Tizian bevorzugten Blond auf dem Tisch erscheinen, mit gehackten Kräutern bestreut und mit einer Eigenschaft ausgezeichnet, um die jede Frau sie beneiden wird: 1840 sehen sie noch genauso aus wie 1814.

Lammkoteletts und Rinderfilet spielen auf dieser Speisekarte die gleiche Rolle wie bei Véry Birkhahn und Störschnitte: Man muss sie als Ausnahmegerichte schon am Morgen bestellen. Das weibliche Rind beherrscht das Feld, und sein Söhnchen, das Kalb, tritt unter den verschiedensten Formen auf. Wenn Weißling und Makrele reichlich ins Netz gehen, merkt man es bei Flicoteaux, wo alles in Zusammenhang mit den Wechselfällen der Landwirtschaft und den Launen der französischen Jahreszeiten steht. Man erfährt da Dinge, von denen die Reichen, die Müßiggänger, die Naturunkundigen keine Ahnung haben. Der Student im Quartier Latin besitzt die gründlichsten Kenntnisse in der Gartenkunde; er weiß, wann Bohnen und Erbsen gut ausfallen, wann die Markthalle von Kohl überquillt, welchen Salat es gerade gibt und ob Rote Bete knapp sind. Eine alte verleumderische Legende, die gerade wieder umging, als Lucien seinen Einzug hielt, schrieb das Auftreten der Beefsteaks einer vermehrten Sterblichkeit der Pferde zu.«[46]

Balzac setzt seine lange Abschweifung über das Flicoteaux mit Beobachtungen der Kundschaft fort: Im Gegensatz zu den anderen Restaurants, die in seinen Romanen vorkommen, geht man nicht zu Flicoteaux, um sich zu amüsieren oder um andere zu studieren, und das gibt dem Romancier Gelegenheit, die neue romantische Generation zu beschreiben: »Wenige Pariser Restaurants bieten ein abwechslungsreicheres Bild. Man trifft hier nur Jugend, die noch Vertrauen hat und das Elend fröhlich erträgt, obwohl auch die ernsten, leidenschaftlichen, düsteren und unruhigen Gesichter nicht fehlen. Auf Kleidung wird wenig Wert gelegt, gut gekleidete Gäste fallen auf. Jeder weiß sofort, worum es sich handelt: Stelldichein, Theater oder Besuch in den höheren Sphären ... Abgesehen von jungen Landsleuten, die in kleiner Runde am selben Tischende sitzen, haben die Essenden meistens einen ernsten Ausdruck, der schwer aufzuheitern ist, vielleicht weil sich der getaufte Wein jeglicher Ausdehnung widersetzt. Wer bei Flicoteaux Stammgast war, erinnert sich an manche düsteren, geheimnisvollen, vom Dunstkreis des krassesten Elends gezeichnete Personen, die zwei Jahre lang zum Essen gekommen sein mochten und verschwanden, ohne dass irgendein Licht auf diese Pariser Irrwische gefallen wäre, aller Neugierde zum Trotz. Die bei Flicoteaux geschlossenen Freundschaften wurden in den Kaffeehäusern der Nachbarschaft bei einem feurigen Punsch oder einer halben Tasse heißem, mit irgendeinem *Gloria* gesegneten Kaffee besiegelt.«[47]

Balzac ironisiert, gibt aber zu, dass die ärmsten Studenten aus der Provinz im Vergleich zur kargen Kost in ihrem Elternhaus bei Flicoteaux den reinsten Luxus fanden, und stellt sich – verkörpert durch Vautrin – voller Abscheu den Maronenbrei vor, von dem sich die armen Rastignacs daheim, in der Provinz, ernährten.

Dennoch fällt auf, dass Balzac nur wenige Studenten bei Flicoteaux unterbringt. Flicoteaux erinnert eher an einen Klub der hungerleidenden Dichter und Journalisten als an ein Studentenlokal. Die ganze kleine Gruppe aus *Verlorene Illusionen* trifft sich dort. Was keine Schande ist. Flicoteaux hat nichts Finsteres. Man findet Lucien dort wieder, nachdem er, von seiner Muse verlassen, mit nur noch zweihundertvierzig Francs in der Tasche ein mieses Hotel in der Rue de Cluny bezogen hat und jeden Abend dort isst. Gewiss, es empfiehlt sich, frühzeitig hinzugehen, wenn man das volle Angebot ausschöpfen will, das hat Lucien, der immer um halb fünf zur Stelle ist, sehr schnell gemerkt. Umsichtig wählt er einen kleinen Zweiertisch nahe dem Tresen, was ihm die Möglichkeit verschafft, Bekanntschaft mit dem Wirt zu knüpfen, die ihm in Zeiten finanzieller Not vielleicht hilfreich sein könnte, und wo ihn sein Gegenüber, ein blasser junger Mann mit einem schönen Gesicht, ungewöhnlich anzieht. Nach einer Woche kommen die beiden ins Gespräch, und Lucien erfährt von der Dame an der Kasse, dass sein neuer Freund, Etienne Lousteau, Literatur- und Theaterkritiker einer obskuren Zeitung ist. Lousteau verschwindet von der Bildfläche, sobald er über mehr Geld verfügt und sich etwas Besseres leisten kann, aber Lucien verkneift es sich, ihm zu folgen. Er bleibt Stammgast bei Flicoteaux, wo er sich nun Daniel d'Arthez annähert, einem jungen Schriftsteller asketischen Geistes – man sieht es an der Karaffe mit gefiltertem Wasser auf seinem Tisch –, dessen Freunde, darunter Bianchon, Bridau und Michel Chrestien, sich ebenso durch ihr Talent wie durch ihre Sittenstrenge auszeichnen. Von da an dient das Flicoteaux weniger als Restaurant denn als Theaterbühne, auf der man Luciens Entwicklung, seine Wechsel von einer Gruppe zu anderen, verfolgen kann, bis er schließlich d'Arthez verrät.

Die wirklich armen Studenten können sich Flicoteaux nicht leisten. Man findet sie in finsteren Kaschemmen des Quartier Latin oder in den Pensionen östlich der Rue Saint-Jacques, näher am Panthéon als an der Sorbonne, dort, wo »der Lärm eines Wagens zum Ereignis wird; die Häuser sind düster, die Mauern riechen nach Gefängnis . . . , es ist die Gegend der bürgerlichen Pensionen, des Elends und der Langeweile«.[48] Hier liegt auch die Pension Vauquer, wo die ganze Gesellschaft aus *Vater Goriot* zusammenkommt.

Wenn man sich den Speiseraum vor Augen führt, den Madame Vauquer ihren Pensionsgästen anbietet, erscheint einem das Flicoteaux in der Tat wie ein Traum. Um ihren langen Tisch versammelt sie achtzehn Pensionäre, denen sie je dreißig Francs pro Monat abverlangt. Extras müssen teuer bezahlt werden – fünfzehn Francs monatlich für einen Gloria, den beliebten Schnapskaffee. Eingelegte Gurken und Sardellen bekommen nur die Zahlungsfreudigsten. Abgesehen davon, dass es keine Tischdecke gibt, müssen auch die Mundtücher, egal wie schmutzig oder weinbefleckt, eine ganze Woche dienen, die Anrichten sind klebrig. Meistens gibt es Bohnentopf mit Lamm, wobei die Reste immer für das Essen am nächsten Tag verwendet werden, als Beilage Kartoffeln, die Birnen sind von der billigsten Sorte und regelmäßig faulig, vom Johannisbeerlikör bekommt man Magenkrämpfe, und die Kekse sind schimmelig. Die einzige Überraschung: Im Keller lagern sowohl Bordeaux- als auch Champagnerflaschen, die Madame Vauquer für zwölf Francs verkauft, wobei sie sorgfältig darauf achtet, dass nichts verkommt, indem sie die Reste aus den alten Flaschen zusammenschüttet, um neue zu füllen. Der Unterschied zu einem Restaurant, und sei es noch so schäbig, besteht in der Tischgesellschaft, die dem Gast aufgezwungen wird, und im Fehlen jeder geistreichen Konversation. Das grauenhafte, lärmende Stimmengewirr bei Tisch ist das Schlimmste an der Sache. Einmal gelingt es Rastignac, dieser Hölle zu entfliehen: Er besucht seine vornehme Cousine, die Vicomtesse de Beauséant, die ihn zum Déjeuner bittet, aber abends muss er in die Pension zurück, und der Kontrast lässt ihn erschaudern.

»In der Rue Neuve-Sainte-Geneviève angekommen, ging

er schnell auf sein Zimmer, holte die dem Kutscher schuldigen zehn Francs und betrat das ekelhafte Speisezimmer, wo er die achtzehn Tischgenossen wie Tiere an der Raufe fressend fand. Der Anblick des verwahrlosten Zimmers mit all seinem Elend erfüllte ihn mit Ekel. Der Übergang war zu plötzlich, der Kontrast zu groß, um seinen Ehrgeiz nicht aufs äußerste anzustacheln. Auf der einen Seite die frischen und charmanten Bilder der vornehmen Welt, junge lebhafte Gesichter, umrahmt von den Wundern der Kunst und des Luxus, leidenschaftliche Köpfe voller Poesie; auf der anderen Seite düstere, schmutzige Gestalten, Gesichter, auf denen Leidenschaften verhängnisvolle Spuren hinterlassen hatten.«[49]

Damit wäre die Palette dessen, was Paris zu bieten hat, komplett. Und sonst, im übrigen Frankreich? Die Auswahl ist schockierend gering. Außerhalb von Paris gibt es keine Restaurants im modernen Sinn des Wortes. Sogar im Umkreis der Hauptstadt, etwa in Saint-Cloud, unmöglich, ein richtiges Mittagessen mit Vorspeise, Braten, Geflügel und Dessert zu finden. Auf einem Spaziergang, den Balzac und Gozlan dort einmal unternahmen, packte sie ein solcher Heißhunger, dass sie in einer Herberge einkehrten. Man setzte ihnen zwei Lammkoteletts und einen Berg goldener Stinte vor. Aber damit war ihr Hunger nicht gestillt. Leider gab es keine Keule mehr, kein Hühnerfrikassee, kein Fricandeau vom Kalb. »Und haben Sie Sphinx?«, fragte daraufhin Gozlan den verblüfften Kellner, der in die Küche ging, um sich zu erkundigen. »Sphinx?«, fragte Balzac, »haben Sie wirklich Sphinx bestellt?« »Aber ja doch«, war die Antwort, »wenn man schon in einer Kaschemme von Saint-Cloud ein

Pariser Déjeuner sucht, kann man auch gleich Sphinx bestellen.« Der Kellner kam aus der Küche zurück und erklärte, Sphinx sei leider aus.

In der Provinz ist der Reisende auf Herbergen und deren Inhaber angewiesen. »Alle Romandichter, vom unsterblichen Cervantes bis zum unsterblichen Walter Scott, haben diesen Typus Wirt beschrieben. Darin sind sie einander alle gleich, dass sie sich auf ihre Küche sehr viel zugutetun, dass sie behaupten, einem jedes Gericht auftragen zu können, und dass sie einem schließlich doch alle ein vom Fleisch gefallenes Huhn und mit ranziger Butter zubereitetes Gemüse vorsetzen. Alle rühmen ihre edlen Weine und zwingen einen, ihren Landwein zu trinken.«[50] Sie sind immer die Besten in ihrer kleinen Stadt, denn sie sind die Einzigen. Sogar die burgundische Schenke »Le Grand-I-Vert«, geführt von Madame Tonsard, die als gute Köchin gilt, bietet nur übermäßig scharf gewürzte Speisen, um den Durst der Kundschaft anzuregen. Wenn man in der Provinz gut essen will, muss man eingeladen sein. Balzac liebte Restaurants, ohne allerdings die Freuden und Leiden häuslicher Tischszenen und privater Einladungen zu vernachlässigen.

III | Im Kreis der Familie

So leidenschaftlich gern man in Balzacs Paris auch ausgeht, gibt es doch zugleich das häusliche Leben im Familienkreis, und gewöhnlich spielt sich ein wesentlicher Teil davon bei Tisch ab. Während das Restaurant ein Ort der Begegnungen ist, wo der Romancier seine Figuren mühelos zusammenführen kann, eignet sich das heimische Esszimmer für tiefere psychologische und soziologische Studien. Der Tisch, erklärt Balzac in *Tante Lisbeth,* »ist stets der sicherste Gradmesser der Vermögensverhältnisse in den Pariser Haushaltungen«.[51] Er hätte hinzufügen können: und des Charakters der Hausfrau oder des Familienoberhaupts. Das sagt genug über die Bedeutung, die er den Beschreibungen von Esszimmern, Mahlzeiten, Bedienung und Bediensteten beimisst. Die Art und Weise, wie der knauserige Grandet den Zucker vom Tisch verschwinden lässt, oder wie Hochon, der andere alte Geizhals, das Brot schneidet, wirft ein Licht auf deren Persönlichkeit. Wenn sich die kleine Pauline in *Das Chagrinleder* wie ein Kätzchen auf eine Porzellanschüssel voll Milch stürzt, erobert sie die Herzen im Fluge, während der an seiner Brotkruste schnüffelnde Vater Goriot zugleich lächerlich und etwas eklig wirkt. All diese Elemente gleichen lauter schnellen Pinselstrichen.

Wie bei den Restaurants legt Balzac Wert darauf, das gesamte Spektrum zwischen Luxus und Elend vorzuführen, von dem orgiastischen Festschmaus in *Das Chagrinleder* bis hin zu dem kläglichen Hering, den die durch ihren Gatten ruinierte Baronin Hulot in *Tante Lisbeth* statt eines Diners hinunterschlingt. Der Kontrast zwischen Paris und der Provinz wird stets beleuchtet, und Balzac hebt sorgfältig den Unterschied zwischen einem Vielfraß wie Doktor Rouget aus Issoudun und einem Pariser Schlemmer vom Schlag des Vetters Pons hervor. Dabei deckt er mit Vorliebe die jeweiligen Eigenheiten auf: Was isst man zu Hause? In welcher Form wird Gästen die Ehre erwiesen? Wie wird eingekauft? Gibt man seine Bestellung beim Feinkosthändler ab, oder steht man in aller Frühe auf, um in die Markthalle zu rennen? Seine Antworten sind so zahlreich wie die Romanfiguren.

Balzac schildert seine Zeit realistischer als jeder andere Romancier, aber zugleich ist er auch der wildeste Träumer, und nichts regt seine Fantasie mehr an als ein gedeckter Tisch. Er dokumentiert, er informiert, er präzisiert, bis er es satthat mit den Schilderungen der Details und sich in eine Märchenwelt versteigt – wie beim Fest des Bankiers Taillefer, einer etwas beunruhigenden Person mit seinem blutroten Gesicht und der verächtlichen Miene. Niemand weiß von seiner kriminellen Vergangenheit, die in *Das rote Wirtshaus* enthüllt wird. Seine Stellung in Paris, die Balzac in *Vater Goriot* andeutet, wo er als der schwerreiche, nachtragende Vater der jungen Victorine erscheint, erlaubt es ihm, ebenso prunkvolle wie skandalöse Schlemmereien nach Art des Festmahls in *Das Chagrinleder* zu veranstalten. Taillefer wohnt in der Rue Joubert, im mondänen Viertel der Chaussée d'Antin, und hat an die dreißig Pariser Tagesgrößen – Journalisten, Maler, Dichter und Politiker – zu einem Fest geladen, das, so hat er seinen Gästen versprochen, »alle die kümmerlichen Saturnalien, wie sie uns modernen Lukullusnaturen beschieden sind«, übertreffen werde. Sein Haus strotzt von unerhörtem Luxus, und Balzac malt genüsslich den Dekor des Abends aus: »Seide und Gold schmückten die Gemächer, reiche Kandelaber ließen im Lichte unzähliger Kerzen die zartesten Details der vergoldeten Friese, die köstliche Bronzeeinlegearbeit und die üppigen Farben der Einrichtung erstrahlen. Kunstvoll angeordnete Gewinde seltener Blumen verströmten süßen Geruch. Alles bis zu den Vorhängen war unaufdringlich vornehm, das Ganze war voll eines unbeschreiblich anmutigen Zaubers, der auf die Einbildungskraft eines Menschen, der kein Geld hat, wirken musste.«[52]

Ein riesiger Tisch erwartete die Gäste. »Erst zollte jeder der Tischgenossen mit einem Blick der Bewunderung seinen Tribut an die verschwenderische Tafel, die weiß war wie frisch gefallener Schnee und auf der sich, gekrönt von kleinen goldgelben Brötchen, symmetrisch die Gedecke erhoben. Alle Farben des Regenbogens leuchteten in den sternfunkelnden Reflexen der Kristallgläser, unendlich gespiegelt strahlte das Kerzenlicht: Silberkuppeln verbargen die Speisen und reizten die Neugier und den Appetit.«[53] Das reinweiße Tischtuch ist das erste und unerlässliche Zeichen der Eleganz. Balzac versäumt es nie, den Zustand, den Reichtum, den Glanz der Tischwäsche zu erwähnen, wenn er ein Essen beschreibt, ob in der Provinz, wo zu Ehren eines Gastes »die

A B C D nummerierten Damasttücher aus den Tiefen der Schränke, wo sie in einer dreifachen, mit fürchterlichen Stecknadelreihen versehenen Umhüllung lagen, hervorgeholt wurden«,[54] auf dem Lande, wo eine raffinierte Hausfrau Thymian ins Waschwasser gibt, um die Tischdecken zu parfümieren, oder in Paris, wo eine liebende Frau ein exquisites Diner für ein Tête-à-tête »auf schneeweißem Damast«[55] serviert.

Die Sorgfalt, die der Tischwäsche zuteilwird, ist ein sicherer Indikator für die Pflege des gesamten Ambiente, während die Silberkuppeln auf dem Tisch von der Munifizenz des Hausherrn zeugen. Die Speisen stehen bereits auf dem Tisch – das bedeutet, es wird im alten aristokratischen Stil bedient, »à la française«, wofür zahlreiche Diener erforderlich sind. Die Platten und Schüsseln sind symmetrisch, nach einem ausgeklügelten und komplizierten Plan über die ganze Tafel angeordnet, da Geflügel, Braten, Fisch und Gemüse gleichzeitig ausgeteilt werden. Jeder Gast ist auf einen Diener angewiesen, der ihm auf den Teller gibt, was er essen möchte. Dieses Prozedere ist also nicht nur kostspielig, sondern auch umständlich, langsam und mitunter sehr frustrierend, wenn es nicht perfekt funktioniert. Stellen Sie sich die Schwierigkeit vor, etwas vom anderen Ende des Tisches zu bekommen, wenn Ihnen nicht ständig ein Diener zur Seite steht; was für eine Unruhe die ganze Zeit; wie ärgerlich, wenn man nicht das ganze Angebot probieren kann, und wer isst schon gerne kalt? Aber Taillefer scheut keinen Aufwand, er beugt sich nicht der neuen Serviermethode, dem sogenannten »service à la russe« (den wir bis heute beibehalten haben), bei dem die Diener jedem Gast, stets von der linken Seite, die jeweiligen Platten – damals natürlich viel zahlreicher als heute – anbieten, damit er sich selbst auftun kann. So unterstreicht der bloße Anblick der Tafel bei Taillefer dessen Lust am Exzess und an der Inszenierung. Das alles ist so glanzvoll, ein solcher Rausch, dass Balzac darüber ganz zu erzählen vergisst, was eigentlich gegessen wird; er bemerkt nur, es sei ein Diner gewesen, das weiland Cambacères Ehre gemacht und das Brillat-Savarin, die höchste gastronomische Autorität des Jahrhunderts, gepriesen hätte.

Doch wenn er sich über die Speisen auch wenig auslässt, widmet er sich den Flüssigkeiten umso ausgiebiger. Taillefer, dieser Teufelsbraten, will seine Gäste trunken machen, und das gelingt ihm auch: »Der Madeira kreiste um den Tisch ... Weißer und roter Burgunder wurden mit königlicher Verschwendung angeboten ... Jeder aß sprechend, sprach essend und trank, ohne auf das immer neue Zuströmen der Weine zu achten, weil sie köstlich und blumig waren – und weil das Beispiel ansteckend wirkte. Taillefer legte es darauf an, seine Gäste anzuspornen, und ließ nun die gefährlichen Weine von der Rhône, den hitzigen Tokaier und den alten schweren Roussillon kommen. Ausgelassen wie frisch eingespannte Pferde einer Postkutsche ließen die Männer nun, gepeitscht von den Flämmchen des ungeduldig erwarteten, jetzt im Überflusse strömenden Champagners, ihren Geist durch die Weiten von Erörterungen galoppieren, denen niemand zuhörte, begannen Geschichten zu erzählen, die kein Publikum fanden, und versuchten es hundertmal immer wieder mit Fragen, die keine Antwort fanden. Die Orgie erhob ihre große, aus tausend anschwellenden Lauten zusammengesetzte Stimme, wie ein Crescendo von Rossini.

Anzügliche Trinksprüche, Prahlereien und Herausforderungen wurden laut. Nun verschmähten es alle schon, sich der Aufnahmefähigkeit ihres Geistes zu rühmen, sondern wetteiferten nur noch mit der von Tonnen, Fässern, Bottichen. Jeder schien plötzlich zwei Stimmen zu haben. Es kam der Augenblick, in dem all die Herren gleichzeitig redeten – und die Diener lachten.«[56]

Endlich ist es Zeit für das Dessert, was einen vollständigen Szenenwechsel bedeutet: Das ganze Dekor, sogar das Tischtuch verschwindet. Auch hier bevorzugt Taillefer die alten Sitten und behandelt das Festmahl wie ein Theaterstück. Nach jedem Akt bleibt die Bühne einen Moment lang leer, nach jedem Gang wird die Tafel restlos abgeräumt, damit die Diener sie mit anderen Prunkstücken aus Silber, Porzellan oder geschliffenem Kristall neu schmücken und gestalten können. In diesem Fall hatte sich Taillefer für einen riesigen vergoldeten Bronzeaufsatz aus der Werkstatt des berühmten Ziseleurs und Vergolders Thomire entschieden: »Hohe Figuren ... trugen und stützten büschelweise Früchte ..., alle Überraschungen des Luxus, Wunder von kleinen Bäckereien, die leckersten Köstlichkeiten, die verführerischsten Näschereien. Die Farben dieser Meisterwerke der Tafelkunst wurden durch den Glanz des Porzellans, die blitzenden Linien des Goldes ... erhöht. Anmutig wie der Meeressaum, grün und leicht, krönte der Schaum die in Sèvres kopierten Landschaften von Poussin. Der Haushalt eines deutschen Fürsten hätte diesen unerhörten Reichtum nicht bezahlen können. Silber, Perlmutter, Gold und Kristall wurden in immer neuen Formen verschwendet ... Die Dessertweine spendeten ihre Düfte und ihr Feuer, durchdringende

Essenzen und Dämpfe voll Zauberkraft, die den Geist verblendeten, die Füße mit starken Banden fesselten und die Hände schwer machten. Bald waren die Obstpyramiden geplündert, die Stimmen wurden lauter, der Tumult wuchs. Nun war kein Wort mehr zu unterscheiden. Gläser zerschellten, wilde Lachsalven ertönten.«[57]

Der Rausch, der Exzess, die Maßlosigkeit haben jedes Tischgespräch zerstört, das einer Versammlung so vielfältiger Talente doch wichtiger hätte sein sollen als das eigentliche Essen. Die Orgie ist entfesselt. Aber Taillefers Orgie hat offenkundig etwas Magisches, das mit der fantastischen Erzählung vom *Chagrinleder* korrespondiert. Balzac nimmt sich die Freiheit, dem zu frönen, was ihn fasziniert, das heißt dem Zeremoniell und dem Dekor mehr als den Gerichten. Ausnahmsweise interessiert er sich auch kaum dafür, was das Gelage kostet – er erwähnt nur nebenbei die Summe von über zweitausend Ecus, das wären zehntausend Francs –, und gibt sich keine Mühe, den Preis selbst, oder was er über die Persönlichkeit des Gastgebers enthüllt, herauszustellen. Taillefer ist der molièresche Amphitryon, doch niemand wird je erfahren, warum er dieses sagenhafte Fest gegeben hat. Es ist einfach die Erfüllung des ersten Wunsches, den Raphael an seinen Talisman, das Chagrinleder, gerichtet hat. Ganz anders gestaltet sich das Galadiner in *Die Kleinbürger.*

Wir befinden uns bei den Thuilliers, einer »Ménage à trois« in Zucht und Ehren. Es handelt sich um Monsieur Thuillier, seine Frau und seine Schwester, Brigitte, eine jener fürchterlichen alten Jungfern, die wir von Balzac kennen. Mademoiselle Thuillier hat ihre Schwägerin bald ins Abseits gedrängt und herrscht gebieterisch über ihren mittelmäßigen Bruder, einen nach 1830 entlassenen stellvertretenden Bürovorsteher. Sie ist es, die das Vermögen verwaltet und den Geldbeutel geschlossen hält. Die Thuilliers gehören zu denen im aufsteigenden Bürgertum, die von ganz unten kommen. Diese Kinder des Pförtners im Finanzministerium – der einst sein Gehalt damit aufbesserte, dass er in seiner Loge eine inoffizielle Kantine betrieb – haben es geschafft.

Der Sohn, Jérôme, dank seiner Kurzsichtigkeit nicht zum Militärdienst eingezogen, konnte davon profitieren, dass unter Napoleon die vielen Posten in der Armee einen Mangel an kleinen Beamten in der Zivilverwaltung schufen. So war es für ihn ein Leichtes, die beiden ersten Stufen der bürokratischen Hierarchie zu überwinden, und seine Ignoranz lehrte ihn zu schweigen, was ihn zu einem trefflichen Beamten machte. Seine Schwester Brigitte wählte ein Gewerbe, das außerhalb des Finanzministeriums so gut wie unbekannt war – sie nähte Säcke für die Bank, die Schatzkammer und auch für die großen Finanzhäuser. Im Ministerium kannte man sie seit ihrer Kindheit, man schätzte ihren Eifer, und sie brachte es schnell zum Erfolg. Im dritten Jahr stellte sie zwei Arbeiterinnen ein, sie ließ ihre Ersparnisse ins Staatsschuldbuch eintragen, und 1814 besaß sie bereits stolze dreitausendsechshundert Francs Rente, erarbeitet in fünfzehn Jahren. Sie gab wenig aus, aß fast jeden Abend bei ihrem Vater, solange er lebte, und als er starb, beschlossen Bruder und Schwester, gemeinsam zu wirtschaften und ihr Vermögen – vermehrt um die Einnahmen aus einem Grundbesitz, den Brigitte in der Zwischenzeit erworben hatte – zusammenzutun. Dieses Arrangement wurde durch Jérômes Heirat nicht erschüttert.

Der Roman spielt 1839, und so führt er uns die Repräsentanten jenes bescheidenen und fleißigen Bürgertums vor Augen, welches das Fundament der Julimonarchie bildete. Der soziale Aufstieg der Thuilliers ist so weit fortgeschritten, dass sie zweimal im Monat Freunde empfangen und bei dieser Gelegenheit ein großes Diner geben. Aber was bedeutet ein großes Diner für Kleinbürger? Das ist es, was Balzac uns, wieder ganz der Wirklichkeit zugewandt, mit Hochgenuss beschreiben wird.

Monsieur Thuillier kündigt seiner Schwester an, sie würden mindestens fünfzehn Personen zum Diner sein, ohne ihr jedoch den Grund zu verraten: die wunderbare Neuigkeit von seiner so gut wie sicheren Wahl zum Munizipalrat, die zum Dessert bekanntgegeben werden soll. Brigitte setzt also alles in Bewegung, wobei sie es sich nicht nehmen lässt, die Kosten zu beklagen, gute vierzig Francs, wie sie schnell ausgerechnet hat, außer wenn sie es so einrichtet, dass die Reste ausreichen, um die Familie noch zwei weitere Tage zu ernähren. Zu dem festlichen Anlass legt sie ein blendend weißes Tischtuch auf und holt das gediegene Silber mit Fadenmuster aus dem Schrank, das der alte Vater Thuillier während der Revolution gekauft und das ihm in seinem geheimen Logenrestaurant gute Dienste geleistet hatte. Das Dekor wäre also gelungen, wenn nicht zwei abscheuliche vierarmige Leuchter aus versilbertem Kupfer den Tisch mit den billigsten sogenannten Aurorakerzen aus Rindertalg erhellten. Die Gewohnheiten, die man in einem Haus erworben hat, wo seit Jahren jeder Sou gezählt wurde, sind nicht so leicht auszumerzen. Balzac merkt übrigens an, dass einige der Gäste, mit höherem Luxus vertraut, beim Anblick der Tafel Blicke wechselten, »die ihre spöttischen Gedanken verrieten«. Und sicher, auch der Küche merkt man die Sparsamkeit der Hausherrin an.

»Die Suppe war eine fast klare Bouillon; selbst bei solchen Gelegenheiten hatte die Köchin den Auftrag, dünne Bouillon zu kochen, denn da die Familie das Rindfleisch am nächsten und übernächsten Tag essen sollte, so war es umso besser, je weniger ausgekocht es auf den Tisch kam; es wurde daher stets, wenn Thuillier das Messer zum Tranchieren ansetzte, auf Brigittes Wink wieder abgetragen, die sagte:

›Ich glaube, es ist etwas zäh; also lass es sein, Thuillier, es wird doch niemand essen, wir haben ja genug anderes!‹

Neben der Bouillon wurden auch vier Schüsseln auf alten Rechauds, von denen die Versilberung abgegangen war, aufgetragen. Der erste Gang dieses Diners, des sogenannten Kandidatur-Diners, bestand aus zwei Enten mit Oliven, einer ziemlich großen Fleischpastete mit Klößchen, Aal à la Tartare und einem Kalbsfrikandeau auf Endivien. Das Hauptstück des zweiten Ganges war eine herrliche Gans mit Maronen gefüllt, dazu ein Feldsalat, garniert mit Scheiben Roter Bete, Cremetöpfe, gezuckerte weiße Rüben und eine Schüssel Makkaroni.«[58]

Dass Süßes und Salziges gleichzeitig auf den Tisch kamen, war üblich bei der Bedienung im alten Stil, die hier genau wie bei Taillefer zur Geltung kommt, aber da die Thuilliers im Gegensatz zu dem Bankier nur über zwei Dienstmädchen, eine Köchin und eine Magd für alles verfügten, herrschte rund um den Tisch lärmende Unruhe. Im Lauf dieses Pförtner-Diners, das auch ein Verlobungsfest wurde, verkündeten die Eingeweihten die gute Neuigkeit von Jérômes fast sicherer Wahl zum Munizipalrat, und Brigitte, alle Sorgen um das Geld vergessend, das einem bei derartigen Einladungen zwischen den Fingern zerrinnt, stürzte in die Küche und rief der Köchin zu, sie solle mitkommen, um den Wein hinter den Reisigbündeln aus dem Keller zu holen.

Der plötzliche Überfluss an Weinen und Likören, die wie von Zauberhand erscheinen, und was da nicht alles an Köstlichkeiten aus den Tiefen der Schränke hervorgeholt wird, zeugen von unglaublichen Vorräten an Alkohol und Süßigkeiten in diesem ansonsten so sparsam geführten Haus. Brigitte kehrt in der Tat mit drei Flaschen Champagner zurück. Wundern wir uns nicht allzu sehr darüber, wie viel Champagner bei den kleinen Leuten fließt. In Frankreich ist man erst spät auf den Geschmack gekommen, sehr viel später als in England. Madame de Pompadour war eine der ersten Damen, die den prickelnden Wein zu schätzen wussten: Sie brachte ihn in Mode. Aber trotz der steigenden Nachfrage hielt sich die Produktion unter dem Kaiserreich noch sehr in Grenzen und wurde zusätzlich dezimiert, weil die Flaschen im Keller so häufig explodierten. Ein Weinbauer büßte auf diese Weise oft dreißig bis vierzig Prozent seiner Erzeugnisse ein. Erst um 1830 entwickelten die Champagner-Hersteller eine sichere Methode, um den Zuckergehalt zu messen und eine zu heftige Gärung zu verhindern. Die Flaschen hielten dem Druck endlich stand. Danach stieg die Produktion rasant an, von dreihunderttausend Flaschen im Jahr 1785 auf fast sieben Millionen im Jahr 1844, und so erklären sich die Vorräte auch in den bescheidensten Haushalten. Außer dem Champagner zauberte Brigitte drei Flaschen alten Ermitage herbei, drei Flaschen Bordeaux von einem guten Jahrgang, eine Flasche Malaga und einen Schnaps von 1802, selbigen, um den Orangensalat zu beträufeln, den ihre Schwester auf der Stelle zubereiten sollte.

Der Orangensalat war dabei nur ein Vorspiel zum Dessert: Die Frauen brachten haufenweise Studentenfutter, eine Mischung aus Mandeln, Nüssen, Feigen und getrockneten Weinbeeren, ferner Pyramiden von Äpfeln, allerlei Käse, Konfitüren und kandierte Früchte. Der Freudenausbruch der alten Jungfer löste eine ganze Lawine von Leckereien aus. Vollständig enthemmt, kündigte sie obendrein Punsch, glasierte Maronen, Baisers und, um dem Wahnsinn die Krone aufzusetzen, echten Tee an, den sie eigens beim Apotheker holen ließ, denn Tee war eine solche Rarität, dass er, wie ehemals Zucker, in der Apotheke verkauft wurde. Erstaunlich an der Beschreibung erscheinen mir vor allem die reichen Vorräte in diesem kleinbürgerlichen Haushalt und die Qualität der Weine. Was die Weine betrifft, kann man sich vorstellen, dass sie wahrscheinlich als sichere Wertanlagen betrachtet wurden. Aber die zahllosen Kompotte und das Eingemachte? Waren dies womöglich Vorsorgemaßnahmen in einem von Revolutionen und Unruhen erschütterten Jahrhundert? Wie auch immer, alle schlugen sich die Bäuche voll, alle tranken, was das Zeug hielt, und die beiden einzigen Kenner unter den Gästen waren indigniert ob der maßlosen Völlerei: »Es ist Mord«, flüsterte der eine dem anderen ins Ohr, »einen solchen Malaga diesen gewöhnlichen Zungen vorzusetzen.« Doch Brigitte, unerschütterlich, bestand darauf, zum Schluss solle getanzt werden. Und während ihre Schwägerin – ein richtiges Arbeitspferd – den beiden Dienstmädchen beim Abdecken half und alles aus dem Esszimmer herausräumte, um für die Tänzer und Tänzerinnen Platz zu schaffen, brüllte sie mitten in den Höllenlärm wie ein Fregattenkapitän auf der Kommandobrücke:

»›Ist noch genug Johannisbeersaft da? Es muss noch Mandelmilch besorgt werden!‹ oder: ›Da sind nicht genug Gläser und zu wenig Wein mit Wasser; nehmt die sechs Flaschen Landwein dazu, die ich eben heraufgeholt habe. Passt aber auf, dass Coffinet, der Portier, keine stibitzt! Karoline, du bleibst am Büfett. Wenn um ein Uhr noch getanzt wird, gibt's noch Schinkenbrötchen. Aber dass mir nichts unnütz verschwendet wird! Passt ordentlich auf. Gebt mir den Besen her und sorgt, dass die Lampen gefüllt sind und dass mir ja nichts zerbrochen wird. Was vom Nachtisch übrig ist, sollt ihr etwas zurechtmachen und aufs Büfett stellen!‹«[59]

Einer der Gäste, ein ehemaliger Musiker, gab das Signal, indem er versuchsweise in seine Oboe blies, und die quietschenden Töne wurden im Salon mit einem Hurra begrüßt.

»Es erübrigt sich, einen Ball dieser Art zu beschreiben. Die Toiletten, die Gesichter, die Unterhaltung, alles stimmte mit dem Detail überein, das einer ungehemmten Vorstellungskraft genügen müsste, denn in allen Dingen dient ein Einziges durch seine Farbe und seinen Charakter als Stempel für das Ganze. Auf stellenweise abgescheuerten und abgenutzten Tabletts wurden Gläser mit reinem Wein, mit Getauftem und mit Zuckerwasser herumgereicht. Die Tabletts mit Mandelmilch, mit Sirup, fehlten oft. Es gab fünf Spieltische für fünfundzwanzig Spieler! Achtzehn Tänzer und Tänzerinnen! Um ein Uhr morgens ... wollte man Brigitte im Triumphe herumtragen, als sie zum Souper rief; sie hielt es aber für nötig, erst noch schnell zwölf Flaschen alten Burgunder wegzuschließen. Man amüsierte sich, die alten wie die jungen Damen, so gut, dass Thuillier Gelegenheit nahm, zu sagen:

›Heute früh hatten wir wahrhaftig noch keine Ahnung, dass wir heute ein solches Fest feiern würden!‹

›Man amüsiert sich niemals so gut‹, sagte der Notar Cardot, ›wie bei diesen improvisierten Bällen. Bleiben Sie mir vom Leibe mit den anderen steifen Festlichkeiten!‹

Diese Meinung ist ein Axiom der Bourgeoisie.«[60]

Die Völlerei zieht bei Balzac immer eine Art Auflösung nach sich. Man kann sich vorstellen, wie es nach dem Fest im Salon der Thuilliers ausgesehen haben muss. Schlimmer noch geht es beim Junggesellenfrühstück zu.

»Man ist zunächst überrascht über die Ordnung des gedeckten Tisches, der von Silber, Kristall und blendendem Damast funkelt. Das Leben ist hier auf seinem Höhepunkt; die jungen Leute sind liebenswürdig, sie lächeln, sprechen leise und wirken wie junge Bräute, alles um sie her ist jungfräulich. Zwei Stunden später sieht es aus wie auf einem Schlachtfeld nach dem Kampf: überall zerbrochene Gläser, zerknüllte Servietten, halb abgegessene Schüsseln, die einen widerlichen Anblick bieten; man hört ein Geschrei, dass einem der Kopf platzt, zotige Trinksprüche, ein Feuerwerk von Epigrammen und schlechten Witzen, purpurrote Köpfe, entflammte Augen, die nichts mehr sagen, unfreiwillige Geständnisse, die alles sagen. Inmitten des Höllenlärms zerschlagen die einen Flaschen, während die anderen Lieder anstimmen, man fordert sich heraus, umarmt sich oder prügelt sich; ein widerlicher Geruch, aus hundert Düften gemischt, und hundertstimmiger Lärm steigen auf; kein Mensch weiß mehr, was er isst, was er trinkt, was er sagt; die einen sind traurig, die anderen schwatzen; der eine ist monoman und wiederholt immerfort dasselbe Wort wie eine Glocke, die man in Schwingung versetzt hat; der andere will den Tumult beschwichtigen, der Weiseste schlägt eine Orgie vor. Wenn ein nüchterner Mann einträte, würde er sich auf einem Bacchanal glauben.«[61]

Sogar im gut geführten Haus eines eleganten Parisers bietet ein halb abgeräumter Tisch immer einen jammervollen Anblick: »Das Dessert glich einer Schwadron nach dem Kampf, alles war zersprengt und verwüstet. Die Platten irrten über den Tisch, obwohl die Herrin des Hauses immer wieder hartnäckig versuchte, sie an ihren Platz zurückzubringen.«[62] Wie niederschmetternd ist dieser Zerfall des schönen Dekors für den leidenschaftlichen Dekorateur, den Balzac nie ruhen lässt. Die fiktiven Gäste indes scheint die Unordnung nicht zu stören:

»Sie befanden sich gerade in dem behaglichen Zustand von Faulheit und Schweigen, in den uns ein auserlesenes Mahl versetzt, wenn wir unserer Verdauungskraft ein bisschen zu viel zugemutet haben. Den Rücken an die Stuhlwand gelehnt, die Hand leicht auf dem Tischrand ruhend, spielte jeder Gast nachlässig mit dem vergoldeten Griff seines Messers.

In diesem Stadium des Diners spielen die einen mit dem

Kern einer Birne, die anderen rollen eine Brotkrume zwischen Zeigefinger und Daumen; der Verliebte setzt aus den Obstschalen ungestalte Buchstaben zusammen; der Geizhals zählt seine Nüsse und bringt sie in Reih und Glied, wie ein Regisseur im Hintergrund der Bühne seine Statisten aufstellt. Das sind so kleine gastronomische Glückseligkeiten, die der sonst vollkommene Brillat-Savarin in seinem Buche nicht erwähnt ... Keiner von den Gästen langweilte sich. Gibt es doch keinen Menschen, der sich nach einer guten Mahlzeit in trauriger Stimmung der Verdauung überließe. Wir lieben es dann, in einem Ruhezustand zu verharren, der zwischen der Träumerei des Denkers und der Befriedigung der wiederkäuenden Geschöpfe die richtige Mitte hält; einen solchen Zustand könnte man die materielle Melancholie der Gastronomie nennen. Jetzt wandten sich alle Gäste dem biederen Deutschen zu, alle waren entzückt, eine Ballade zu vernehmen, selbst eine uninteressante.«[63]

In Wirklichkeit wird die Ballade hochinteressant, hat sie doch nichts Geringeres zum Thema als das Verbrechen des Bankiers Taillefer. In dieser Szene wird wieder einmal deutlich, wie geschickt Balzac das Ende eines Essens nutzt – wenn nach der Schlemmerei die Haltung verloren geht und die Akteure unvorsichtig werden –, um die Handlung voranzutreiben.

Ob Balzac nie einen berühmten Küchenchef am Werk gesehen hat? Jedenfalls ist das Fehlen großer Kochkünstler in seinen Romanen sehr auffällig. Gewiss, er nennt Carême, den unvermeidlichen Carême, das kulinarische Genie der Epoche, ausgebildet in den Küchen Talleyrands, ruhmreicher Chefkoch des englischen Prinzregenten, des Zaren und des

Hauses James de Rothschild, aber er lässt ihn nicht auftreten, er verweist nur als Symbolfigur auf ihn. Der Leser weiß, dass Carême jeden Sonntag das Diner des Bankiers Nucingen bereitet, aber er wird nie zum Souper geladen. Ansonsten spricht Balzac von der Anwesenheit eines Küchenchefs lediglich, um ihn entweder, in flagranti erwischt, wegen eines skandalösen Diebstahls aus dem Haus zu jagen – wie etwa in *Honorine* den betrügerischen Küchenchef des Grafen Octave, der die Rechnungen gefälscht hat, um ein Restaurant zu eröffnen – oder um ihn, wie Pierre Graslin in *Der Landpfarrer*, aus Kostengründen zu entlassen. Aber im Grunde brauchen die balzacschen Figuren auch gar keinen Küchenchef, jedenfalls nicht die Pariser, denn sie haben ja Chevet. Chevet ist immer dabei, bei allen Galadiners, bei allen Soupers der feinen Leute. Wer aber ist Chevet?

Chevet ist ein Traiteur, ein großer Feinkosthändler und zugleich eine Schule, wo die besten Köche ausgebildet werden. Chevet ist die *Revue des Deux Mondes*, sagt Balzac, selbst ein treuer Kunde, weil man bei ihm alle nur erdenklichen exotischen Köstlichkeiten findet und weil das Obst immer neue Ernte ist. Mitten im Winter bekommt man reife Früchte aus China, frische Datteln, Orangen und Granatäpfel, die mit dem Dampfer aus Setúbal, südlich von Lissabon, geliefert werden. Unter der Restauration ist Chevet eine für das Luxusleben unerlässliche Institution geworden. Es gibt nichts, was er nicht beschaffen könnte: Alexandre Dumas will seinen Gästen einen außergewöhnlichen Fisch bieten: einen Lachs von dreißig oder einen Stör von fünfzig Pfund, aber er hat nicht das nötige Geld für diesen Wahnsinn, und im Übrigen weiß er nicht, wo er sich den Fisch beschaffen soll. Egal, er geht auf die Jagd, kehrt mit drei Rehen zurück und schlägt Chevet vor, sie gegen einen Riesenfisch zu tauschen. Gesagt, getan. Chevet macht's möglich! Chevet ist ein Ministerium, heißt es im *Nouvel Almanach des Gourmands*, er hat seine Kuriere, seine Gesandten, seine Botschafter. Sein Laden ist ein Politbarometer. In Krisenzeiten ist Chevet fast in die Staatsgeheimnisse eingeweiht; die Nahrungsmittel sind dann wie Öl, um das Räderwerk zu schmieren. Und doch, am Anfang hatte er es nicht leicht.

Vor der Revolution war Germain Chevet Gärtner in Bagnolet und belieferte Versailles mit Rosen. 1793 verhaftet, verdankte er seine Freilassung der Tatsache, dass er siebzehn Kinder zu versorgen hatte, wurde jedoch gezwungen, die aristokratischen Rosen auszureißen und stattdessen Kartoffeln anzupflanzen. Bei diesem Tausch verdiente er so schlecht, dass er beschloss, sein Glück in Paris zu versuchen. Er mietete einen Laden am Palais-Royal und spezialisierte sich auf kleine Pasteten, süß oder salzig, wie sie damals in Mode waren, hielt aber auch etwas auf gutes Obst. Nach der Schreckensherrschaft erweiterte er sein Angebot, verschaffte sich im Treibhaus gezogene Ananas, versuchte, immer der Erste mit Erdbeeren, Kirschen oder Birnen zu sein, verkaufte Hummer, die dicksten Austern und kam schließlich auf die Idee, Fertiggerichte zu liefern, deren unvergleichliche Gerüche die Kundschaft vor seinem Laden zusammenströmen ließen. Zur Zeit des Kaiserreichs wurde er der Lieferant von Talleyrand; damit waren sein Glück und sein Ruf gemacht. Nachdem 1815 wieder Frieden eingekehrt war, wandte sich der russische Zar für die Ausrichtung der großen Festessen an ihn, und Chevet verfügte über die Mittel, eine Küchenbrigade samt Bedienungspersonal mit den erlesensten Weinen und Viktualien nach Petersburg zu schicken. Aus heutiger Sicht kann man sich nur wundern, dass er auf dem umgekehrten Weg weder Kaviar noch Räucherlachs zurückbrachte, aber hierzulande wurden diese erst im folgenden Jahrhundert als Delikatessen geschätzt.

Wie wir gesehen haben, hielt Chevet es trotz einer so imposanten Klientel nicht für unter seiner Würde, ein Essen für zwei ins Hôtel des Haricots zu liefern, um Balzac in seiner Zelle einen Gefallen zu tun. Und Balzac revanchiert sich, indem er Chevet zum unvergleichlichen Spender aller Leibesfreuden der *Menschlichen Komödie* macht. Chevet ist kein Snob. Er bedient Könige, aber auch reich gewordene Händler, die, wie Cäsar Birotteau, einmal mit einem strahlenden mondänen Fest aufwarten wollen, den vermögenden alten Seidenwarenhändler Camusot, der so besorgt ist, seiner hübschen Mätresse, der göttlichen Coralie, zu gefallen, oder schließlich den Millionär Crevel, der seine Rivalen beeindrucken will. Bei Balzac sind Chevets Kunden vor allem Emporkömmlinge der Bourgeoisie, Neureiche, denen es an stilvollem Personal fehlt und die es nicht gewöhnt sind, den eleganten Gastgeber zu spielen – eine Kunst, die sie gleichwohl für unerlässlich halten: Der große Traiteur gibt ihnen Gelegenheit, sich darin zu üben.

Wenden wir uns dem ernsthaften Geschäftsmann Cäsar Birotteau zu, um zu erfahren, wie sich im Paris des Jahres 1820 das Galadiner in einem bürgerlichen Haus gestaltet, wo mondäne Eitelkeit die Sparsamkeit verdrängt. Birotteau ist ein erfolgreicher Parfümhändler, der ein Vermögen gemacht hat. Verheiratet mit einer sehr schönen Frau von hervorragendem Charakter, die mit jeder Herausforderung ruhig und vernünftig umzugehen weiß, Vater einer bewundernswerten Tochter, hat Birotteau alles, um der glücklichste Mann auf der Welt zu sein, aber er hat politische und gesellschaftliche Ambitionen. Als stellvertretender Bürgermeister des 2. Arrondissements soll er zum Ritter der Ehrenlegion gekürt werden, und zur Feier des Tages beschließt er, einen Ball zu geben, wie es sich gehört, mit Diner zur Eröffnung und einer Stärkung am Schluss. Überspringen wir die mühevollen Umstände der festlichen Herrichtung seines bescheidenen Heims, um uns auf das prunkvolle Essen zu konzentrieren.

»Cäsar hatte seiner Frau die Schwierigkeiten erspart, die in einem bürgerlichen Haushalt die Herstellung der Speisen, die für das glänzende Fest erforderlich waren, bedeutet hätte. Er hatte einen geschickten Vertrag mit dem berühmten Chevet geschlossen, der prachtvolles Silberzeug stellte, das ihm an Leihgeld so viel wie ein Rittergut einbrachte; er lieferte auch das Diner, die Weine und die Dienerschaft, die von einem vornehm aussehenden Haushofmeister dirigiert wurde und sämtlich für ihr Tun und Treiben verantwortlich war. Chevet verlangte, dass ihm die Küche und das Speisezimmer des Zwischenstocks als Hauptquartier zur Verfügung gestellt wurden; er bedurfte dieser Räume, wenn er um sechs Uhr ein Diner für zwanzig Personen und um ein Uhr morgens ein prächtiges kaltes Büfett servieren sollte. In dem Café de Foy hatte Birotteau das Fruchteis bestellt, das in hübschen Tassen mit vergoldeten Löffeln auf silbernen Platten gereicht werden sollte. Tanrade, eine andere Berühmtheit, lieferte die Erfrischungen.«[64]

Dann war es so weit: »Die Gäste kamen pünktlich. Das Diner war, wie alle Diners der Kaufleute, sehr lustig und gemütlich, gewürzt mit plumpen Scherzen, über die immer gelacht wird. Die vorzüglichen Speisen und die guten Weine wurden sehr gewürdigt. Als die Gesellschaft aufbrach, um in den Salons den Kaffee zu nehmen, war es halb zehn geworden. Einige Wagen hatten schon ungeduldige Tänzerinnen gebracht. Eine Stunde später war der Tanzsaal gefüllt und der Ball in vollem Gange.«[65]

Natürlich kam acht Tage später die kolossale Rechnung, und der unglückselige Birotteau war erschlagen von der Summe, die mehrere zehntausend Francs betrug. Kostenvoranschläge werden bei Balzac nie eingehalten. Und diese Regel duldet keine Ausnahme.

Das führt uns zum Problem der betrügerischen Lieferanten und des diebischen Hauspersonals. Nur die echten Geizhälse, die wachsamsten Hausherrinnen entkommen diesem Aderlass. So ist etwa Madame Guillaume, die Gattin des Tuchhändlers im *Haus zur ballspielenden Katze*, derart schockiert über jegliche Verschwendung, dass nicht nur kein anderer außer ihr selbst das Öl über den Salat träufeln darf, sondern sie tut es auch noch so sparsam, dass die Blätter kaum angefeuchtet werden, und der Gruyère, den sie zum Nachtisch reicht, ist so alt, dass die Lehrlinge amüsiert das Datum in den Käse ritzen. Die weniger kleinlichen Damen kennen entweder das Ausmaß des Übels nicht, oder sie finden sich damit ab, von ihren Köchinnen bestohlen zu werden, und in Paris verstehen sich diese gerissenen Personen auf alle Tricks. Balzac zeigt wenig Mitleid mit dem Küchenpersonal. Koch und Köchin, heißt es in *Tante Lisbeth*, seien in der Regel »unehrlich, sozusagen angestellte Hausdiebe«, und »in den Haushaltungen ist gerade heute die Dienstbotenfrage nicht nur der finanziellen Misere wegen ein Kreuz, das schwer drückt«.[66] Gehört es nicht zur guten Erziehung eines jungen Mädchens, dass es von seiner Mutter lernt, »die Köchin mit Sachverstand zu schelten«?[67] Andernfalls wird es nicht lange dauern, bis eine »Köchin, die bei Ihnen ohne Kleider, ohne Wäsche, ohne Talent eingetreten ist, sich ihren Lohn in einem Kleid aus blauer Merinowolle mit gesticktem Fichu abholt, in den Ohren ein paar goldene Gehänge mit kleinen Perlen, in guten Lederstiefeln, die ziemlich hübsche Baumwollstrümpfe blicken lassen. Sie hat zwei Koffer voll Sachen und ein Sparkassenbuch.«[68]

Bei Balzac sind die bediensteten Langfinger unermüdlich am Werk. Die Unehrlichkeit der Angestellten steht in direktem Verhältnis zur Unaufmerksamkeit ihrer Herrschaften. Denken wir an Madame Cibot, die Portiersfrau, die dem Vetter Pons und dessen Freund Schmucke das Essen kocht. Sie brüstet sich vor ihrem Mann, dank ihrer Raffinesse und Begabung in acht Jahren zweitausend Francs angehäuft zu haben. Tatsächlich geht sie, statt zum Metzger, lieber zu einem »Auskratzer«, der die Essensreste der benachbarten Restaurants aufkauft, und durchwühlt dessen Auslagen. Mit kundigem Blick sucht sie Reste von Hühnchen oder Wild heraus, Fischfilets oder auch ausgekochte Brocken Rind, die sie mit dünnen Zwiebelscheiben aufbrät. Auf diese Weise brutzelt sie so wohlriechende Saucen, dass sich ihre

Pensionäre nie beschweren, und lässt sie für dieses Diner drei Francs »ohne den Wein« bezahlen, eine stattliche Summe, wenn man bedenkt, dass ein Abendessen mit einer kleinen Karaffe Wein in einem bescheidenen, aber anständigen Restaurant höchstens zwei Francs kostet. Die Köchin von Valerie Marneffe – der gefährlichen Verführerin in *Tante Lisbeth,* zu sehr mit ihren Affären beschäftigt, um den Haushalt zu überwachen – bestiehlt ihre Herrschaften nicht nur beim Einkaufen, sondern setzt ihnen auch ungenießbaren Braten vor, weil sie zuvor schon den Saft herausgepresst hat, um die Reste, die sie für ihren Freund beiseiteschafft, schmackhafter zu machen. Obendrein vernachlässigt sie ihre Dienstpflichten, das ungepflegte Esszimmer der Marneffes »bot denselben ekelhaften Anblick wie die Speisezimmer in drittklassigen Provinzhotels, schmutzig, klebrig, schlecht gelüftet«.[69]

Dementsprechend das Diner: »Eine mit Bohnen gemischte Kräutersuppe, Kartoffeln und Kalbsbraten, der statt in Sauce in rötlichem Wasser schwamm, dazu Bohnengemüse und als Nachtisch minderwertige Kirschen. Teller und Schüsseln waren arg beschädigt, und vom Besteck war das Silber längst abgescheuert. Das war in der Tat kein Diner für eine hübsche und verwöhnte Frau ... Die trüben Karaffen konnten die hässliche Farbe des Rotweins, der literweise vom Weinhändler an der nächsten Straßenecke geholt wurde, nicht verbergen. Die Mundtücher waren länger als eine Woche in Gebrauch. Kurz, alle diese Merkmale verrieten deutlich eine würdelose Armut und den mangelnden Familiensinn der Eheleute. Selbst ein flüchtiger Beobachter hätte erkannt, dass diese beiden Menschen bei jenem verhängnisvollen Punkt angelangt waren, wo die Notwendigkeiten des Lebens eine ersprießliche Gaunerei gedeihen lassen.«[70]

Dabei bedarf es wenig, um das unwürdige Elend zu verdecken, aber nur liebende Frauen verstehen sich darauf. Eva, die Schwester von Lucien de Rubempré, beherrscht trotz äußerster Sparsamkeit die Kunst, ein einfaches Erdbeerdessert auf einem hübschen, mit Blättern verzierten Teller anzurichten, und die junge Kurtisane Coralie ist so hoffnungslos in Lucien verliebt, dass es ihr trotz aller Armut gelingt, ihm ein zauberhaftes Déjeuner mit Rühreiern zu bereiten. Und Eugénie Grandet lässt sich durch die Strenge ihres knauserigen Vaters, der alles unter Verschluss bewahrt, nicht davon abhalten, ihrem Vetter, in den sie sich verliebt hat, zum Frühstück eine hübsche Pyramide Birnen und Trauben aufzutischen.

Der Leser ahnt sogleich, dass Valerie Marneffe niemanden wirklich liebt – sonst gelänge es ihr, dank der Sparsamkeit einer liebenden Frau mit »bescheidenen Mitteln ein behagliches Leben«[71] zu gestalten. Ihr Haushalt erholt sich erst, als Tante Lisbeth, auch Bette genannt, die Zügel in die Hand nimmt und als Erstes die treulose Köchin vor die Tür setzt. Lisbeth weiß nur allzu gut, dass die Domestiken zwischen der Tafel ihrer Herrschaften und dem Markt einen heimlichen Zoll einstreichen, dem Gedächtnis der Händler bis zu fünfzig Prozent auf die Sprünge helfen. Die einzige Möglichkeit, einen Haushalt kostensparend zu führen, besteht in der Überwachung und Erziehung der Köchin, der man beibringen muss, dass sie in der Markthalle einkauft statt bei den kleinen Händlern, die ihre Rechnungen schamlos nach oben korrigieren. Genau das tut die gefürchtete

Tante Lisbeth, als sie den Haushalt ihrer Freundin Valerie wieder auf die Beine stellt. Sie erinnert sich an eine entfernte Verwandte, die als Köchin im Dienst des Bischofs von Nancy gewesen war. Dieses Detail hat seine Bedeutung, denn Balzac zufolge sind Ärzte und Kirchenmänner die größten Kenner der Gastronomie. Also holt Lisbeth diese grundehrliche und fromme Person aus dem Hinterland der Vogesen zu den Marneffes. »Trotzdem fürchtete sie, dass die in Paris unerfahrene alte Jungfer in die Klauen schlechter Ratgeber geraten könnte, was der fragilen Ehrlichkeit so leicht Abbruch tut. Sie begleitete deshalb den Neuling, der Mathurine hieß, in die große Markthalle und brachte ihr die Kunst des billigen Einkaufs bei ... Den wahren Preis der Dinge kennen, um sich beim Verkäufer Respekt zu verschaffen, tagesgünstige Speisen wählen, wie etwa Fisch, wenn er nicht teuer ist, sich über den Wert der Lebensmittel auf dem Laufenden halten, die Teuerung vorausahnen und beim Tiefstpreis kaufen, dieser Sinn für Wirtschaftlichkeit ist in Paris das Allerwichtigste, um einen Haushalt zu führen. Mathurine, die einen anständigen Lohn bezog, mit Geschenken überhäuft wurde und das Haus darum genug liebte, wetteiferte schließlich mit Lisbeth in der Auffindung von billigen Bezugsquellen.«[72]

Aber es war keine Kleinigkeit, in der Markthalle einkaufen zu gehen. Als Balzac die aus Kostengründen von seiner Schwester entlassene Köchin übernehmen wollte, stellte er die Bedingung, dass sie ihre Einkäufe wie die Restaurateure oder die Obsthändler in der Markthalle tätigte. Sie lehnte ab, weil es einen ungewöhnlichen Kraftakt bedeutete, im Morgengrauen aufzustehen und mit den Marktschreiern zu feilschen. In Zeiten größter Sparsamkeit und obwohl es ihm ein Graus war, kaltes Fleisch zu essen, musste Balzac sich damit begnügen, dass eine Frau ihm jeden Montag für die ganze Woche kochte. Wenn sein nach Hausfrauenart gekochtes Rind oder Lamm alle war, beließ er es bei Brot, Käse und Kartoffeln, wie ein Irländer.[73]

Die Hallen waren damals übrigens eine einzige Baustelle, da Napoleon 1811 entschieden hatte, die alten Holzschuppen und die Stände unter freiem Himmel durch einen modernen Bau ersetzen zu lassen, die Arbeiten aber erst unter dem Zweiten Kaiserreich abgeschlossen wurden. Die Marktarbeiter und Bauern tranken gepfefferten Schnaps, und der allgemeine Tumult war kein Vergnügen für zartfühlende Seelen. Sogar ein alter Pariser wie Cäsar Birotteau, auf der Suche nach den für seine Ölherstellung unerlässlichen Haselnüssen, kann sich nur mühsam einen Weg durch dieses Labyrinth bahnen, das »gewissermaßen die Eingeweide der Stadt darstellt. Hier wimmelt ein unendliches Gemisch der heterogensten Waren durcheinander, übel riechende und reizvolle, Heringe und Musseline, Seide und Honig, Butter und Tüll, vor allem Kleinhändler, von denen man in Paris so wenig Ahnung hat wie die meisten Menschen von dem, was in ihrer Bauchspeicheldrüse vorgeht.«[74] Doch Tante Lisbeth fürchtet sich vor nichts und hat glänzenden Erfolg: Ihr ist es zu danken, dass Valerie Marneffe hinfort Künstler, Politiker und die Freunde ihrer Liebhaber zum Diner um sich versammeln kann. Und die Gäste schätzen die Atmosphäre, den Luxus, die feinen Speisen, aber sie kommen nicht deswegen. Denn in Paris »speist man nicht mit Herzenslust«;[75] unter Leuten von Welt geht man nicht aus, um zu genießen, sondern um Geschäfte zu betreiben, um zu konspirieren, den neuesten Klatsch zu hören und um sich zu zeigen. Im Milieu der mondänen Pariser verstehen sich die Annehmlichkeiten eines Salons und einer vorzüglichen Tafel von selbst, man bemerkt sie nicht und macht sie nicht zum Gesprächsthema.

In seinen Pariser Romanen hält Balzac sich darum nicht lange bei den Köchinnen auf, es sei denn, um auf ihre Fehler aufmerksam zu machen, und wenn er die talentierte Sophie erwähnt, die Köchin des Grafen Popinot, deren »fetter Karpfen mit einer Sauce, die in der Schüssel klar und auf der Zunge sämig ist«, den Vetter Pons in schönsten Träumen schwelgen lässt, so beschreibt er sie doch nicht näher.[76] Er zeigt die Köchin nie am Werk, außer in dem höchst ungewöhnlichen Fall der fatalen Asia, Vautrins Tante und Komplizin seiner Verbrechen, die in der Küche nicht ihresgleichen hat: »Sie kann Ihnen ein einfaches Bohnengericht so zubereiten, dass Sie im Zweifel sind, ob nicht die Engel vom Himmel herabgestiegen sind und himmlische Kräuter dazugetan haben.«[77] Aber sie ist auch fähig, genügend Gift in die Kirsche einer Eisbombe zu spritzen, um den Polizisten Peyrade, der ihrem Neffen in die Quere kommt, zu ermorden!

Wirklichen Einblick in das Geschehen bekommen wir nur in der Provinz, denn dort locken »Mangel an Beschäftigung und Monotonie des Daseins ... die Tatkraft der Geister in die Küche. Man speist in der Kleinstadt nicht so üppig wie in Paris, aber man speist besser, die Gerichte sind durchdacht, ausstudiert. Tief in der Provinz gibt es Carêmes in Röcken, unbekannte Genies, die aus einem einfachen Bohnengericht etwas zu machen verstehen, das des bewundernden Kopfschüttelns würdig wäre, mit dem Rossini das vollendet Gelungene zu begrüßen pflegt.«[78]

Diese Köchinnen sind nicht auf gelehrte Saucen spezialisiert; sie kämen nicht für die neuen Restaurants in Frage, wo man mit hundert Gewürzen hantieren muss; sie wären schockiert über die Kunst, den Geschmack der Dinge zu verdecken. Für diese aufrechten Frauen wäre Madame Cibot eine Giftmischerin. Ihr Talent besteht darin, dass sie sich auf die Verwendung einfacher und billiger Zutaten verstehen.

In *Die Bauern*, einem ambitionierten, leider unvollendeten Roman, entwirft Balzac ein Gesamtbild von der ländlichen Welt, und zwar nicht in einer abgelegenen Provinz, sondern zweihundert Kilometer von Paris entfernt, an der Grenze nach Burgund. Im Mittelpunkt dieser Studie steht das Verhältnis zwischen Adligen, Bauern und Kleinbürgern, meistens aus der Sicht eines Pariser Journalisten namens Blondet. Gleich bei dessen Ankunft im Schloss des Baron Montcornet ist eine Überraschung fällig: Blondet bestaunt das Speisezimmer, die mit Fresken bemalte Decke, »die Felder zwischen den Frauengestalten sind mit wundervollen Bildern ... geschmückt und stellen feine Tafelgerichte dar: Lachse, Wildschweinköpfe, Schalentiere ... Die Hausherrin hat unter dem Fuß einen Klingelknopf, um die Dienerschaft zu rufen, sodass selbige nur eintritt, wenn sie gewünscht wird, und niemals eine Unterhaltung unterbricht oder eine Situation stört ... Der Saal wird von unten geheizt.«[79]

Wie immer, wenn Balzac von der Ausstattung hingerissen ist, vergisst er das Menü, und wir erfahren nichts über das Mittagessen, außer dass es üppig ist und um elf Uhr serviert wird. Das reicht als Hinweis auf den Lebensstil dieser aristokratischen Familie, die von den Wirkungen der Revolution schon nichts mehr wissen will und keine Ahnung hat, in welchem Maße die Bevölkerung der Umgebung ihr gefährlich werden kann. Zur Illustration der Rachsucht, mit der die wütenden Bauern auf die Rückkehr des Großgrundbesitzers reagieren, beschreibt Balzac die Mahlzeiten der bäuerlichen Nachbarn, der Tonsards. Hier geht es nicht mehr um kleine Diebstähle im Haushalt, sondern um regelrechte Raubzüge durch die Wälder der Montcornets, angeführt von den größten Wilderern der Gegend, eben den Tonsards.

Die Beute ist so einträglich, dass Madame Tonsard, die vorzüglich kocht, eine Schenke aufmacht, eine Art einfaches Café, wo ihr Talent »den üblichen ländlichen Gerichten zugutekam, dem Hasenpfeffer, der Wildsauce, der Matelotte und dem Eierkuchen, doch hatte sie überall den Ruf, dass sie es vortrefflich verstünde, jene Mahlzeiten zuzubereiten, die man an einer Tischecke verspeist und die überreich gewürzt sind, um zum Trinken anzureizen«.[80] Ob Hasen, Kaninchen, Rebhühner, Drosseln oder Rehe, alles, was ihr Mann und ihre Kinder von der Wilderei mitbrachten, kostete sie nichts, und was an Wildbret übrig blieb, wurde in der Stadt verkauft. Hier soll die Beschreibung der Nahrung nicht dazu dienen, dass dem Leser das Wasser im Mund zusammenläuft. Balzac macht einem nicht die geringste Lust auf dieses Essen, das aus zu viel Fleisch, zu viel Sauce und zu viel Gewürzen besteht. Hier illustriert er nur ein soziales Phänomen. Mit Vergnügen widmet er sich hingegen dem kleinsten gastronomischen Detail, wenn es um die bescheidene Figur des gefürchteten Grégoire Rigou geht, den Bürgermeister des Nachbardorfs, das kaum mehr als sechzig Häuser zählt.

Rigou interessiert Balzac, weil dieser »Egoist unter den Geizigen, das heißt voller Liebe zu seinen Genüssen«, einen Typus ländlicher Existenz repräsentiert, den man nur in Frankreich findet und an dem nichts unwichtig ist, »weder sein Haus noch seine Art, das Feuer anzufachen, noch seine Manier, zu speisen«.[81] Rigou ist ein ehemaliger Mönch, der die Revolution zur Flucht aus dem Benediktinerkloster nutzte und sich dem Studium der Rechte verschrieb. Im Jahr 1815 war er nicht nur Bürgermeister, sondern auch königlicher Prokurator, der mit erstaunlichem Erfolg Wucher trieb. Er heiratete die Wirtschafterin des verstorbenen Dorfpfarrers. Ein ehemaliger Klosterbruder unterwarf sich ihm wie ein treuer Hund und wurde Kutscher, Gärtner, Kuhhirt, Kammerdiener und Verwalter in einem für diesen sinnlichen Harpagon, der, so Balzac, aß und trank wie Ludwig XIV. Was ermöglicht Rigou ein so gutes Leben?

Als Erstes hat er seine Frau zu absolutem Gehorsam erzogen, und sobald sie an Frische verlor, holte er sich ein hübsches junges Dienstmädchen ins Haus, das er im Drei-Jahres-Turnus wechselt. Seine Strategie: Er stellt das Mädchen sechzehnjährig an und entlässt es, wenn es neunzehn ist. Um dieses Arrangement zu perfektionieren, schläft er getrennt von seiner Ehefrau, in einem Bett, »das mit vorzüglicher Matratze, feinen Leinwandbezügen und einem Plumeau ausgestattet … und mit guten Vorhängen vor der Zugluft geschützt«[82] ist, sodass es der anspruchsvollsten Pariserin genügt hätte. Überdies pflegt er allein zu speisen, bedient von seiner Frau, die nach ihm mit den beiden Angestellten in der Küche isst, während er sein Diner verdaut und in aller Ruhe seinen Wein zu Ende trinkt. Und was für einen Wein! Anders als seine Frau, die sich mit Landwein begnügen muss, labt er sich an den feinsten Burgundern, den edelsten Tropfen Bordeaux, Champagner, Roussillon, den Besten von der Rhône oder aus Spanien.

»Das Mittagessen, das, ebenso wie das Frühstück und das Abendessen, immer aus erlesenen Gerichten bestand, war mit der hohen Kunst zubereitet, die unter allen Köchinnen diejenigen auszeichnet, die in Pfarrhäusern gedient haben. Madame Rigou butterte selbst zweimal in der Woche. Allen Saucen gab sie etwas Sahne bei. Das Gemüse wurde erst unmittelbar bevor es in den Topf kam aus dem Garten geholt. Die Pariser, die daran gewöhnt sind, Salate und Gemüse zu essen, welche der Sonne, dem Straßendreck und der Hitze der Gemüseläden ausgesetzt eine zweite Vegetation durchmachen und zwecks vorgetäuschter Frische von den Händlern mit Wasser besprengt werden, haben keine Ahnung von dem wunderbaren Geschmack, den diese Produkte besitzen, denen die Natur flüchtige, aber starke Reize verliehen hat, wenn man sie sozusagen lebendig verspeist.

Der Schlächter von Soulanges musste das beste Fleisch bringen, wenn er nicht die Kundschaft des gefürchteten Rigou verlieren wollte. Das Geflügel aus eigener Haltung musste unvergleichlich zart sein.«[83]

Die Küche von Madame Rigou – stets frisch, ohne jede Zutat an Gewürzen, der Triumph des natürlichen Geschmacks, ein Essen, wie man es in der Stadt niemals bekommt – ist Balzacs gastronomisches Ideal. Ironischerweise lässt er ausgerechnet den schändlichen Rigou davon profitieren, diesen

Despoten, dessen »sehr breiter Mund mit dünnen Lippen einen starken Esser und entschlossenen Trinker verriet, zumal durch die wie zwei Kommastriche abfallenden Mundwinkel, in denen die Sauce hinablief und der Speichel glitzerte, wenn er aß oder sprach«.[84] Aber bei Balzac sind die Vielfraße, wie wir sehen werden, selten sympathisch, und keiner ist tugendhaft, der sich nur um seinen Magen kümmert. So erscheint der Landarzt, Doktor Benassis, als das genaue Gegenstück zu dem verfressenen Rigou: Er ist ein Heiliger – einer jener Heiligen der *Menschlichen Komödie,* deren schmerzliche und womöglich schuldige Vergangenheit das Interesse des Lesers auf sich zieht.

Der Doktor lebt allein auf dem Lande, und ohne seine unschätzbare Jacquotte lebte er wie ein Asket. Aber Jacquotte, die einzige unter Balzacs Dienerinnen, die man sogleich ins Herz schließt – eine Frau, wie man sie sich als Gattin für einen Sohn oder einen unverheirateten Onkel wünscht –, Jacquotte wacht wie ein Engel über ihn. Und er hat es bitter nötig, denn dieser schlichte, freigebige, für die materiellen Dinge seiner Umgebung unempfängliche Mann lebt ausschließlich dafür, Gutes zu tun. Jacquotte hat, wie so viele raffinierte Köchinnen, bei einem Pfarrer gelernt, einem geistlichen Schlemmer, dessen Gemüsegarten im ganzen Land berühmt war. Als Benassis sich in der Gegend niederlassen wollte, war der Pfarrer gerade gestorben, und so hatte er dessen Haus mit dem ganzen Inventar gekauft, samt Möbeln, Geschirr und Wäsche, dem Weinkeller, den Hühnern, dem Wagen und dem Pferd, und hatte sowohl den Knecht als auch die Köchin gebeten, bei ihm im Dienst zu bleiben.

»Jacquotte, das Muster einer Köchin, zeigte fest geschnürte Oberweite, stets eingehüllt in ein braunes Kattunkleid mit roten Punkten, das so eng anlag, dass man meinte, der Stoff müsse bei der geringsten Bewegung platzen. Sie trug ein rundes plissiertes Häubchen, unter dem ihr etwas fahles Gesicht mit dem Doppelkinn noch blasser aussah, als es in Wirklichkeit war. Jacquotte, klein, behände, mit flinken und fleischigen Händen, sprach laut und ununterbrochen. Wenn sie einen Augenblick schwieg und den einen Schürzenzipfel zu einem Dreieck in die Höhe nahm, so kündigte sie mit dieser Bewegung eine lange Strafpredigt an, die sie ihrem Herrn oder dem Knecht halten wollte ...«[85]

»Jacquotte kaufte, verkaufte, ordnete an, änderte, verrückte, richtete ein und verwarf es wieder, ganz wie es ihr Vergnügen machte. Nie hatte ihr Herr auch nur die geringste Bemerkung darüber gemacht. Auch den Hof, den Stall, den Knecht, die Küche, das Haus und den Herrn verwaltete sie. Auf ihre Anordnung hin wurde die Wäsche gewechselt, wurde gewaschen und wurden Vorräte angeschafft. Sie bestimmte darüber, wer ins Haus kam und wann das Schwein geschlachtet werden sollte, sie schalt mit dem Gärtner, bestimmte, was es zum Frühstück und was zum Mittag geben sollte, ging vom Keller auf den Boden, vom Boden in den Keller, fegte dort nach Herzenslust und stieß nirgends auf Hindernisse. Benassis hatte nur zwei Wünsche: das Diner um sechs Uhr und eine Begrenzung der monatlichen Ausgaben auf eine bestimmte Summe.

Eine Frau, der alle gehorchen, ist immer heiter; so lachte und schmetterte Jacquotte auch, wo sie ging und stand. Sie trällerte, wenn sie nicht sang, und sang, wenn sie nicht trällerte. Von Natur aus sauber, hielt sie auch das Haus sauber.

Wäre sie anders, Monsieur Benassis wäre recht unglücklich daran gewesen, wie sie meinte, denn der Ärmste achtete so wenig auf alles, dass man ihm Kohl für Rebhühner hätte vorsetzen können. Ohne sie hätte er dasselbe Hemd oft acht Tage lang anbehalten. Aber Jacquotte war eine unermüdliche Büglerin, sie rieb die Möbel aus Überzeugung blank, sie liebte eine geradezu kirchliche Sauberkeit, die peinlichste, strahlendste, lieblichste Sauberkeit. Sie war eine Feindin allen Staubes und fegte, wusch und putzte ohne Unterlass ... Jacquotte liebte das Haus, als ob es ihr gehörte. Und nachdem sie zweiundzwanzig Jahre darin gewohnt hatte, hatte sie vielleicht auch ein Recht auf Illusionen?«[86]

Wenn Ehrengäste kamen, lag auf dem Tisch regelmäßig »ein Damasttischtuch, wie es die Brüder Graindorge unter Heinrich IV. eingeführt hatten, die, als geschickte Weber, diesem dicken Gewebe, das jeder Hausfrau so wohl bekannt ist, den Namen gegeben haben. Dieses Tischtuch strahlte vor Weiße und roch nach Thymian, den Jacquotte immer in ihre Wäsche nahm. Das Geschirr war weißes Steingut mit blauem Rand und tadellos erhalten. Die Weinkaraffen hatten jene achteckige Form, wie man sie heute nur noch in der Provinz findet. Die Messergriffe, ganz aus geschnitztem Horn, stellten seltsame Figuren dar. Jeder, der diese Gegenstände eines alten und trotzdem fast wie neu erhaltenen Wohlstands betrachtete, fand sie ... im Einklang mit der Gutmütigkeit und Ehrlichkeit des Hausherrn.«[87]

Dem Obst- und Gemüsegarten gilt Jacquottes ganze Fürsorge, so entschlossen ist sie, die Traditionen ihres alten Dienstherrn zu bewahren, des Pfarrers, dessen Geruch dem Haus noch innewohnt. Ein guter Garten lieferte das ganze

Jahr über Obst und Gemüse. Balzac, der leidenschaftliche Birnenesser, wusste sicherlich, dass es La Quintinie, dem Gärtner Ludwigs XIV., gelungen war, siebenundvierzig Birnensorten zu akklimatisieren: neun für den Sommer, zehn für den Herbst und siebenundzwanzig für den Winter. Auf eine solche Vielfalt erhob Jacquotte keine Ansprüche, aber als gute Savoyardin war sie zweifellos stolz auf ihren Winterkohl und die italienischen Sorten im Sommer. Aber auch die Schutzmauern und die Bewässerungsanlagen mussten in Schuss gehalten werden. Dank Jacquottes Anstrengungen lebten der Doktor und seine Leute quasi autark. Gewiss, Benassis ist gleichgültig gegenüber dem, was ihn umgibt, aber es ist die Gleichgültigkeit eines Mannes, der von einer höheren Idee besessen ist: Benassis will die wirtschaftlichen Grundlagen der Region verändern. Jacquotte stellt sich vollkommen darauf ein, ja sie ist sogar verärgert, als er sich eines Tages nach dem Zustand des Zimmers erkundigt, in dem er einen Gast unterbringen will. Das Zimmer ist nicht nur perfekt, das Bett wie für eine Braut gerichtet, sondern sie bringt dem Fremden auch noch ein Glas Milch zum Einschlafen. Sie betrachtet dieses Haus als ihr eigenes. Schon bei der ersten Mahlzeit, die in dem Roman beschrieben wird, fühlt man sich in guten Händen.

Keine Köchin bringt eine kräftigere Bouillon zustande als sie. Und in diesem Punkt ist Balzac kategorisch: Wenn die Bouillon stimmt, kann man dem Haus vertrauen. Kein Zweifel, dass Jacquotte nach dem alten Rezept verfuhr, das heißt, indem sie dem Fleisch sehr wenig Wasser beigab, es stundenlang köcheln ließ, laufend abschäumte und das Ganze schließlich durch ein Leinentuch passierte. So erhielt sie eine klare, nur durch das Knochenmark eingedickte Brühe. Diese Perfektion in aller Einfachheit, erzielt allein durch die Geduld der Köchin, charakterisiert das Beste, was die Provinz zu bieten hat. Balzac ist so interessiert an der Bouillon, dass er das Thema nicht aufgibt, ohne noch eine andere Bouillon zu erwähnen, die Jacquotte an ihrem Herd zusammenbraut: eine so kraftspendende Schneckenbouillon, dass der Arzt sie seinen Kranken bringt. Das Einzige, was Balzac diesem Küchengenie vorzuwerfen hätte, ist, dass Jacquotte die Gerichte eins nach dem anderen serviert, eine Sitte, die Balzac beklagt, weil sie die Fresser zwingt, sich die Bäuche vollzuschlagen, während die Genügsamen, die schon nach den ersten Speisen satt sind, das Beste stehen lassen müssen. Das Einzige, was Jacquotte bedauert, ist, dass man ihr so wenige Komplimente macht. Bei dem Doktor steht das Essen nun einmal nicht im Mittelpunkt des Tages: Man geht zu Tisch, um sich zu ernähren, nicht aus Spaß an der Freude – ganz anders als in einem Provinzstädtchen, wo die Köchin aktiv am gesellschaftlichen Leben ihrer Herrschaft teilnimmt.

In Alençon, einer Kleinstadt der Basse-Normandie, lebt Mademoiselle Cormon, eine alte Jungfer, deren Reize einzig und allein in ihrem Vermögen bestehen. Umringt von zahllosen Freiern, herrscht sie über die hundertfünfzig Personen, die ihre kleine Gesellschaft bilden. Da sie sich nicht entschließen kann, einem Bestimmten ihre Hand zu geben, gleichzeitig aber nichts als Männer und die Ehe im Sinn hat, tröstet sie sich damit, über die Vervollkommnung ihres Haushalts und die Eleganz ihrer wöchentlichen Diners zu wachen. Ihre Tafel ist so hervorragend, dass die Gute ihre Bewunderer anzieht, wie »ein fettes Rebhuhn das Messer des Feinschmeckers lockt«. An den Galatagen wird das Diner um vier Uhr serviert. In der Provinz ändern sich die Gewohnheiten nur langsam, und Balzac weist eigens darauf hin, während der Kaiserzeit habe man dort noch um zwei Uhr diniert, wie unter dem Ancien Régime.

»Der mit schwarzen und weißen Fliesen ausgelegte Speisesaal hatte keine Decke, sondern bemalte Balken; er enthielt ungeheure Büfetts mit Marmorfüßen, wie sie die Schlachten erfordern, die in der Provinz den Mägen geliefert werden. Die Wände waren al fresco bemalt und stellten ein Blumengitter dar. Die Stühle waren aus lackiertem Rohr und die Türen aus naturbelassenem Nussbaumholz. All das vollendete den patriarchalischen Eindruck, den das Innere und das Äußere dieses Hauses machten. Der Geist der Provinz war dort in Reinkultur erhalten; alles war weder neu noch alt, weder jung noch abgelebt.«[88]

Zu ihren Diners versammelt Mademoiselle Cormon etwa zwanzig Personen, alles in einem so steifen Rahmen, dass es sogar Platzkärtchen für die Sitzordnung gibt. Aber bevor die Vertrauten des Hauses den Salon betreten, plaudern sie oft einen Augenblick mit der Köchin, Mariette, die als große Spezialistin der Regionalküche gilt und es liebt, den Gästen ihr Menü zu erläutern:

»Mariette sagte zum Gerichtspräsidenten, einem Feinschmecker ersten Grades, als sie ihn vorübergehen sah:

›Oh! Monsieur du Ronceret, den überbackenen Blumenkohl habe ich eigens für Sie gemacht, denn Mademoiselle Cormon weiß, wie gern Sie ihn mögen, und hat mir gesagt:

Sieh zu, dass er dir gelingt. Der Herr Präsident kommt heute.‹

›Die gute Mademoiselle Cormon!‹, erwiderte der Gerichtsgewaltige. ›Mariette, haben Sie ihn auch mit Bratensaft statt mit Bouillon begossen? Das tränkt ihn besser!‹

Der Präsident verschmähte nicht, in das Ratszimmer einzutreten, wo Mariette waltete, und mit Kennerblick fällte er dort das Urteil des Gastronomen.

›Guten Tag, Madame‹, sagte Josette, die Kammerzofe, zu Madame Granson. ›Unsere Mademoiselle hat an Sie gedacht, es gibt ein Fischgericht für Sie.‹

Und der Chevalier de Valois sagte im plänkelnden Ton des Grandseigneur gleichsam auf Du und Du zu Mariette: ›Nun, liebste Küchenfee, der ich das Kreuz der Ehrenlegion verleihen würde, gibt es einen besonders feinen Bissen, für den man sich den Appetit aufsparen muss?‹

›Ganz gewiss, Monsieur de Valois, es gibt einen Hasen aus dem Prébaudet, vierzehn Pfund hat er gewogen.‹

›Braves Mädchen!‹, sagte der Chevalier und gab es an Josette weiter: ›Oh! Er wiegt vierzehn Pfund!‹«[89]

Trotz der oft faden Tischgespräche ist das Diner nicht nur ein Essen, sondern eine Zerstreuung, eine Ablenkung, die den langweiligen Alltag durchbricht. Es erhält damit eine Bedeutung, die es in Paris nicht hat. »In Paris ... unterdrückt man seinen Genuss; in der Provinz dagegen lässt man seiner natürlichen Esslust freien Lauf, und man konzentriert sich sogar ein bisschen zu sehr auf diese große und universelle Lebensnotwendigkeit, zu der Gott seine Geschöpfe verurteilt hat.«[90]

So weit sind die bisher vorgestellten Köchinnen vom Lande – Madame Rigou, Jacquotte und Mariette – das getreue Abbild des Despotismus, der Güte oder der Geselligkeit ihrer jeweiligen Herrschaften. Die Bediensteten der Geizhälse indes – Nanon, die Köchin des alten Grandet, und Gritte, die bei dem knauserigen Hochon beschäftigt ist – nehmen einen anderen Platz ein. Hier geht es nicht um das Gastronomische, sondern um sinnreiche Kniffe, die eine Begrenzung der Ausgaben auf das strikte Minimum erlauben. Balzacs Vater Grandet teilt mit Molières Harpagon die zweifelhafte Ehre, als Inbegriff des Geizes in die Literatur eingegangen zu sein. Hochon, eine Nebenfigur in *Junggesellenwirtschaft,* hat nicht dieses Format, aber er scheint mir interessant, weil er sich nur bei Tisch eine Blöße gibt.

Hochon, der unter dem Ancien Régime Steuereinnehmer war und sich vor den Stürmen der Revolution in Sicherheit gebracht hat, führt in Issoudun ein ruhiges Leben. Als wir ihn kennenlernen, ist er fünfundachtzig Jahre alt. Balzac kommt direkt zur Sache, indem er, um Hochon zu charakterisieren, eine Szene schildert, in der die Köchin die notarielle Verlesung des Ehevertrags von Hochons Tochter unterbricht und ihren Dienstherrn um ein Stück Bindfaden bittet, um den Truthahn für das Festmahl zu wickeln. Hochon zieht einen alten Faden aus der Tasche seines Überrocks und sagt: »Gritte, du gibst ihn mir aber wieder!« Damit ist die Figur gezeichnet, aber erst bei Tisch bekommt sie ihre Würze. Hochon ist ein Geizhals, der seine Welt mit kindischen Tricks zu täuschen glaubt. Zu seinem großen Verdruss ist er gezwungen, das Patenkind seiner Frau, Agathe Bridau, und deren Sohn Joseph in seinem Haus zu empfangen. Joseph ist ein aufstrebender junger Maler, gerade im Begriff, berühmt zu werden, ein Künstler ganz nach Balzacs Geschmack: hochbegabt, fleißig und witzig, wie man es aus den Pariser Ateliers kennt. Als Joseph sich kurz nach der Ankunft zum Diner begeben will, sieht er den alten Hochon eigenhändig für jeden Esser im Voraus eine Scheibe Brot abschneiden. Da wären wir besser in der Herberge abgestiegen, denkt sich der junge Mann. Und er hat nicht unrecht.

Zuerst wurde eine Bouillon serviert, dünn natürlich. Ganz offensichtlich gab man in diesem Haus der Quantität den Vorzug vor der Qualität. Dann stellte Gritte, das Dienstmädchen, im alten Stil alle Gerichte auf den Tisch. Das Suppenfleisch wurde in bürgerlichen Kreisen gewöhnlich auf einer Platte inmitten des gekochten Gemüses angeboten, und dazu wurde eine zweite Platte mit frischem Gemüse gereicht. Hochon hatte das Problem zu seinem Vorteil gelöst, indem er das Sudfleisch imponierend von Petersilie umrahmt und die ausgekochten Karotten, Rüben und Zwiebeln als Extraplatte anrichten ließ; zum ersten Gang gehörten ferner ein Salat, harte Eier auf Sauerampfer sowie kleine Schälchen mit Vanillecreme. »Doch statt Vanille enthielt diese Creme gebrannten Hafer und verhielt sich zu richtiger Creme wie Zichorienkaffee zu Mokka.«[91] Der Hausherr schnitt das Fleisch in dünne Scheiben, die trockenen Schuhsohlen glichen. Suppenfleisch war ein Gericht, das von Kennern nicht sonderlich geschätzt wurde, aber es konnte mit wenig Aufwand zubereitet werden und eignete sich daher für Haushalte, die sich mit einem einzigen Dienstmädchen begnügen mussten. Als zweiten Gang brachte Gritte drei Tauben. Der Physiognomie des alten Mannes war leicht abzulesen, wie weh ihm das tat, drei Tauben für sieben Personen, ein Wahnsinn, den er nur seiner Frau verdankte! Da diese wenigstens beim Wein nichts mitzureden hatte, schenkte Hochon seinen Gästen den von 1811 ein – das heißt einen ungenießbaren Krätzer, da die Ernte dieses Jahres, auch das Jahr des Kometen genannt, verdorben war.

Joseph Bridau war jung und hungrig. Er und seine Mutter hatten zum Frühstück um sechs Uhr morgens nur einen grässlichen Kaffee bekommen. Die Portionen, die ihm jetzt bei Tisch aufgegeben wurden, regten seinen Appetit erst richtig an: Er bat um noch etwas Brot.

Daraufhin »erhob sich Monsieur Hochon, suchte lange in der Tiefe seiner Rocktasche nach einem Schlüssel, öffnete einen Schrank hinter seinem Platz, schwang den Kanten eines Zwölfpfundbrotes herüber, schnitt feierlich eine Scheibe herunter, schnitt sie in zwei Teile, legte sie auf einen Teller und reichte den Teller über den Tisch dem jungen Maler hinüber, alles mit der Ruhe und Kaltblütigkeit eines alten Soldaten, der sich zu Beginn der Schlacht sagt: ›Wer weiß, vielleicht trifft's mich heute.‹ Joseph nahm die Hälfte der Scheibe und begriff, dass er nicht noch einmal um Brot bitten durfte. Den Mitgliedern der Familie machte diese Szene, die Joseph ungeheuerlich vorkam, gar keinen Eindruck.«[92]

Es sollte noch besser kommen. Das Dessert bestand aus Weichkäse, umgeben von Nüssen und Biskuits. Dazu muss gesagt werden, dass Nüsse bei Balzac eine Armenspeise sind und er sich sein Leben lang an die Zeit erinnert, da er in seiner Studentenmansarde wie eine Spitzmaus Brot und Nüsse oder Brot und Kirschen knabberte. Ihren Gästen zu Ehren verlangte Madame Hochon nach Obst. »Aber Madame«, sagte Gritte, »angefaultes ist keins mehr da.« Joseph brach in schallendes Gelächter aus, da er die eiserne Hausregel begriff, das Überfällige zuerst hinzustellen, und er versicherte der guten Alten, er werde es auch so essen.

Der andere Geizige bei Balzac, Vater Grandet, ist von einem anderen Kaliber. Erstens ist er nicht zum Lachen, und zweitens würde er ein so törichtes Dienstmädchen wie Gritte nicht um sich dulden. Er hat in seiner Nanon eine echte Perle. Er ist auch keiner, der sich um der Gäste willen ein besseres Menü einreden ließe. Er wird von den drei Frauen des Hauses – seiner Gattin, seiner Tochter und nämlicher Nanon – wie ein Despot bedient und respektiert. »Bei ihm mussten alle schlafen gehen, wenn er sich niederlegte«,[93] und seine Frau schlief, aß, trank, funktionierte ganz nach seinen Wünschen. Sie zitterte vor ihm, und seine Tochter Eugénie hätte es niemals gewagt, unaufgefordert das Wort an ihn zu richten. Nur Nanon, die Dienstmagd, fiel unter seinem Blick nicht in sich zusammen und war selbstsicher genug, von Monsieur Grandet, wenn er morgens die Tagesausgaben eröffnete, das Brot und sonstigen Bedarf zuteilte, eine Aufstockung zu verlangen, ja, sie erlaubte sich manchmal sogar einen Scherz. Sie konnte sich das leisten, denn Grandet vertraute ihr und ihrer Klugheit. Nanon war sein Verwalter, einer von der Sorte, die bereit sind, das Gut ihres Herrn wie ein treuer Hund zu schützen, eine Respektsperson, die alles erledigte, früh aufstand und spät schlafen ging, und deren Autorität von seiner Frau, der dummen Gans, und seiner trotteligen Tochter anerkannt wurde. Es war Nanon, nicht Madame Grandet, die in Abwesenheit des Herrn eintrieb, was die Pächter ihm schuldeten. Es war Nanon, die er bei einer Geheimoperation beauftragte, seine Gelder in Sicherheit zu bringen.

Wie führt er seinen Haushalt? Er hat seine Ehefrau auch diesbezüglich aus jeglicher Verantwortung entlassen, weil er sie für unfähig hält, seine Prinzipien zu verstehen. Also wacht er höchstpersönlich über das, was auf den Tisch kommt. Seine Maxime ist einfach: Nie einen Sous aus der Tasche ziehen, folglich nichts kaufen. Die ärmsten Leute holen ihr Brot vom Bäcker. Bei Grandet wird einmal in der Woche Brot gebacken. Man kauft kein Fleisch und könnte sich in der Tat bestens von den schönen Abgaben der Pächter, den Kapaunen, den Hühnern, dem Wild, den Fischen aus dem Fluss, Aalen und Hechten ernähren, wenn Monsieur Grandet nicht unverzüglich alles außer dem strikten Minimum auf dem Markt absetzte. Es erübrigt sich wohl zu sagen, dass bei den Grandets kärglich gegessen wird. Soll Bouillon gekocht werden, schießt man einen Raben. Jede Person hat Anrecht auf ein Stück Zucker am Tag, aber nur ein winziges. In seinen Mußestunden vergnügt sich Monsieur Grandet persönlich damit, die Zuckerstangen zu schneiden. Während der Restauration war der Preis wegen des Freihandels mit Zuckerrohr und der neuen Produktion von Rübenzucker gesunken, der Zucker zum allgemeinen Konsumgut geworden. Aber für Grandet bleibt er weißes Gold, ein Luxusgut. Genau wie der Kaffee. Wenngleich der Geizhals es nicht wagt, seiner Familie dieses Getränk gänzlich zu verbieten, hat Nanon doch Anweisung, ihn sehr schwach zu servieren.

Wie sehen die Mahlzeiten im Hause Grandet also aus? Eine Tasse Kaffee frühmorgens; und um elf so gut wie nichts. Man setzt sich nicht einmal hin. Essen ist kein Spaß. Etwas Obst, ein Bissen Brot aus der Hand und ein Glas Weißwein, fertig ist das Déjeuner. Dazu muss man wissen, Wein ist in Saumur das Billigste vom Billigen, er wird hier ausgeschenkt wie in Indien der Tee. Das Diner besteht aus einer Suppe und Geflügel, außer in den seltenen Fällen, wenn Monsieur Grandet Gäste hat. Selten bedeutet für Grandet vier Mal in zwanzig Jahren. Dann ist er fähig, erlesene Weine aus dem Keller zu holen – die Schätze, die unter Verschluss in den balzacschen Kellern lagern, sind schier unerschöpflich –, dann wird in seiner Küche Wild und Fisch zubereitet, aber er ist auch fähig, vierundzwanzig Stunden mit nüchternem Magen zu bleiben, wenn er sich auswärts aufhalten muss. Diese klösterliche Strenge hat offenbar gesundheitliche Vorteile, denn bei ihm wird niemals jemand krank, und sie scheint allen im Haus das Normalste von der Welt, bis der Pariser Vetter Charles auftaucht, ein junger Mann von seltener Eleganz.

Charles steht eines Abends unangemeldet vor der Tür, geschickt von seinem Vater. Er weiß nichts davon, dass selbiger Bankrott gemacht und sich eine Kugel in den Kopf geschossen hat. Grandet erfährt die Nachricht aus dem versiegelten Brief, den sein Neffe ihm gleich bei der Ankunft übergeben hat, und lässt sich nichts anmerken. Man geht zu Bett, aber am nächsten Morgen ist Eugénie, angerührt oder vielmehr aufgewühlt von der Schönheit ihres Vetters, entschlossen, die alltägliche Kost zu verbessern. Sie nimmt wohl an, dass er es nicht gewohnt ist, sich zum Frühstück mit einer Tasse Kaffee zu begnügen, nur was könnte sie ihm anbieten? Sie eröffnet sich Nanon, da schon der Gedanke, ihren Vater um etwas zu bitten, sie in Angst und Schrecken versetzt;

kaum ist dieser aus dem Haus, um seinen Geschäften nachzugehen, machen die Frauen sich ans Werk. Nanon ist einverstanden, von ein paar Sous aus den Ersparnissen des jungen Mädchens Zucker und Kaffee zu kaufen. Der junge Mann steht endlich auf, und die Komödie beginnt. Was er denn frühstücken möchte? Oh, nicht viel: ein junges Rebhühnchen vielleicht, oder sonstiges Geflügel. Nanon lässt sich nicht erschüttern und bereitet ihm zwei weich gekochte Eier, die ein Pächter ihr gegeben hat, hübsch arrangierte Weintrauben und eine Tasse Milchkaffee, für den Eugénie eine Untertasse mit mehreren Stückchen Zucker bereitstellt. Sie hat einen kleinen Tisch an den Kamin gerückt und einen Lehnstuhl herangezogen. Der Vetter ist begeistert von den frischen Eiern, aber der Kaffee ist so schlecht, dass er lachen muss. Sosehr Nanon die Dosis auch erhöhen mag, der Kaffee Grandet bleibt eine gefärbte Plörre. Dabei ist Kaffee in Frankreich mittlerweile so verbreitet wie kein anderes Getränk, und zwar schon lange und in allen Klassen der Gesellschaft. Sogar in den Hallen sieht man Frauen mit Blechkannen auf dem Rücken, aus denen sie den Passanten für zwei Sous Kaffee in Tonbecher einschenken. Viel Zucker ist nicht drin, aber die Milch macht ihn so milde, dass die Arbeiter ihn als Stärkung für den frühen Morgen schätzen und ihren Tag damit beginnen.

Bei den Grandets wird der Kaffee noch gekocht, eine veraltete Methode, die ein trübes Gebräu ergibt, obwohl ganz Frankreich inzwischen die dreiteilige Chaptal-Maschine benutzt. Balzac persönlich hatte mittlerweile eine noch bessere entdeckt, die Cafetière »à la Dubelloy«, mit der sich Alexandre Dumas zufolge ein extra starker, besonders stimulierender Filterkaffee brauen ließ. Aber wie auch immer, die Katastrophe naht, man hört die Schritte des Alten. Madame Grandet steht da wie eine aufgescheuchte Hirschkuh, Eugénie nimmt schnell die Untertasse weg und lässt nur zwei Stück Zucker auf dem Tisch. Nanon schnappt sich den Eierteller. Doch vergeblich. Grandet erfasst die Situation sofort. Sein Weib erstarrt unter seinem Blick zur Salzsäule, während Eugénie zu seiner Verwunderung auch noch die Frechheit besitzt, ihm Trauben anzubieten. Aber er braucht nicht lange, bis er das Zepter wieder in die Hand bekommt. Bald muss sich auch Charles dem Diktat seines Onkels beugen.

Wir wissen, wie die Geschichte weitergeht. Charles reist ab, er will sein Glück in Indien versuchen, und Eugénie gibt ihm ihre Ersparnisse in Form von Goldstücken, um ihm den Anfang zu erleichtern. Als ihr Vater das erfährt, wird er wahnsinnig vor Wut und sperrt seine Tochter bei Brot und Wasser ein. Das Ende ist so traurig, wie es vorauszusehen war. Madame Grandet stirbt, und Eugénie, die nie mehr etwas von Charles gehört hat, bleibt allein an der Seite ihres Vaters, der erleichtert feststellt, dass seiner Tochter die eiserne Sparsamkeit längst in Fleisch und Blut übergegangen ist. So kann er ihr unbesorgt die Befehlsgewalt im Hause überlassen. Er welkt dahin, erleidet einen Herzanfall und bleibt gelähmt.

Er isst kaum noch, löst die Augen aber stundenlang nicht von den Louisdor, den Goldmünzen, die Eugénie vor ihm auf dem Tisch ausbreitet. »›Das erwärmt mich‹, sagte er manchmal, und auf seinem Gesicht erschien ein Ausdruck von Glückseligkeit.«[94]

Dachte er an die verflossenen Zeiten, da er sich von Ecus ernährte? Im blühenden Mannesalter hielt Grandet es, was die Finanzen anbelangt, »mit dem Tiger und der Boa constrictor: Er verstand es, sich hinzukauern, zu ducken, seine Beute lange ins Auge zu fassen und draufloszuspringen; dann öffnete er den Rachen seiner Börse, verschlang in ihr eine Ladung Taler und legte sich ruhig nieder, wie die Schlange es zum Verdauen tut, ungerührt, kalt, methodisch.«[95]

IV | Schlemmer und Vielfraße

Im Gegensatz zu den großen Geizhälsen, die sich lieber reines Gold als sonst etwas in den Rachen stopfen würden, haben die Schlemmer oder Vielfraße eher traditionelle Vorstellungen, was ihre Tischfreuden betrifft. Es geht hier ausdrücklich um Männer, denn bei Balzac halten sich die Frauen mit dem Essen zurück. Allein die Fürstin von Cadignan begreift, dass sie auf übertriebene Diät verzichten, sich natürlich geben und mit gutem Appetit essen muss, wenn sie den Dichter Daniel d'Arthez, der jede Ziererei verabscheut, für sich gewinnen will; aber im Allgemeinen fürchten die Damen viel zu sehr um ihre Linie.

»Die Frauen essen wenig, wenn sie zum Diner geladen werden: Ihr unsichtbarer Harnisch behindert sie, sie haben das Parademieder an, sie befinden sich in Gegenwart von Frauen, deren Augen und Zungen gleich fürchterlich sind. Sie lieben nicht das gute, sondern das anmutige Essen: Krebse schlürfen, überbackene Wachteln knabbern, einen Auerhahnflügel abdrehen oder ein Stück Fisch in eine jener Saucen tunken, die den Ruhm der französischen Küche bilden. Frankreich beherrscht den Geschmack: in der Kunst, in der Mode und so fort. In der Küche ist die Sauce der Höhepunkt des Geschmacks. Ob Grisetten, Bürgersfrauen oder Herzoginnen, die Damen sind entzückt über ein gutes kleines Diner, begleitet von exquisiten Weinen, alles häppchenweise und mit Früchten abgeschlossen, wie sie nur in Paris zu finden sind, besonders, wenn man zur Verdauung des kleinen Diners ins Theater geht, in eine gute Loge, und sich die schlimmsten Dummheiten anhört, erst die auf der Bühne und dann jene, die man ihnen ins Ohr flüstert, um die auf der Bühne zu erklären.«[96]

Die Männer, wir haben es gesehen, zieren sich weniger, und doch findet man in der *Menschlichen Komödie* kaum einen glücklichen Vielfraß. Es ist kein Zufall, dass die Schlemmer meistens Männer sind, die von ihrer Ehefrau betrogen und verachtet werden, die unter ihrem mangelnden Erfolg bei Frauen leiden oder sich einfach langweilen. Balzac rückt das Unglück im Bett gern in die Nähe der Tischfreuden, da er in der Schlemmerei fast immer eine Kompensation vermutet. Die Frauen treiben übrigens ihr Spielchen mit den Essgelüsten ihrer Gatten oder Liebhaber; dabei lernen sie schnell, dass mit Leckerbissen, die als Entschädigung geboten werden, bessere Resultate zu erzielen sind denn mit solchen, die als Köder dienen sollen. Den ersten Fall malt Balzac in seiner *Physiologie der Ehe* folgendermaßen aus:

»Nehmen wir an, das eheliche Unglück habe einen Mann getroffen, dem sein Magen das Höchste ist. Natürlich sucht er Trost in der Befriedigung seines Geschmacks. Seine Lust, die sich in andere Sinnlichkeiten seines Wesens flüchtet, nimmt andere Gewohnheiten an. Man bildet andere Empfindungen aus.

Eines Tages gehen Sie vom Ministerium nach Hause, verweilen lange vor Chevets reicher und leckerer Feinkostbibliothek, wägen eine Summe von hundert Franken, die Sie ausgeben müssten, gegen die Genüsse einer verheißungsvollen Straßburger Gänseleberpastete ab, und siehe da, zu Hause angelangt, steht die Pastete protzig auf der Anrichte in Ihrem Esszimmer. Sollte das eine Art gastronomische Fata Morgana sein? ... In Ihrer Ungewissheit gehen Sie festen Schritts auf sie los – eine Pastete ist ein beseeltes Geschöpf –, Sie wiehern sozusagen, als Sie die Trüffel wittern, deren Duft durch die kunstvolle goldene Beschichtung dringt; sämtliche Geschmacksknospen Ihres Gaumens haben eine Seele; Sie ahnen die Wonnen eines wirklichen Fests; und in dieser Verzückung, verfolgt von schleichenden Gewissensbissen, kommen Sie zu Ihrer Frau.

›Ehrlich gesagt, liebe Freundin, haben wir kein solches Vermögen, dass wir uns Pastete leisten könnten ...‹

›Aber sie kostet uns nichts!‹

›Oh! Oh!‹

›Ja, der Bruder des Monsieur Achille hat sie ihm nämlich geschickt.‹

Sie entdecken Monsieur Achille in einer Ecke. Der Junggeselle begrüßt Sie, er scheint froh zu sein, dass Sie die Pastete annehmen. Sie sehen Ihre Frau an, die errötet; Sie streichen sich mit der Hand über den Bart und kraulen sich mehrfach am Kinn; und da Sie sich nicht bedanken, erraten die beiden Liebenden, dass Sie mit der Entschädigung einverstanden sind.«[97]

Als wäre die Pastete nicht genug, bereitet die Frau mit größter Sorgfalt den abendlichen Kaffee und bedient ihren Gemahl wie eine Odaliske, indem sie Zucker hineingibt, probiert und ihm lächelnd sein Lieblingsgetränk reicht. Im

Endergebnis kommt Balzac zufolge ein glücklicher Schlemmer dabei heraus.

Es scheint also einfacher, auf diese Weise einen Sturm von der Ehe abzuwenden, als einen Mann über den Magen an sich zu binden. Das gelingt nur einer einzigen Dame, und zwar Aurélie Schontz. Madame Schontz, Tochter eines napoleonischen Oberst und Mündel von Kaiserin Joséphine, hat eine gute Erziehung genossen, aber das ist auch alles. Ohne einen Sou, verdient sie ihren Lebensunterhalt als Lehrerin in Saint-Denis, jener Bildungsanstalt, die Napoleon für Mädchen gegründet hatte, deren Väter oder Großväter mit dem Orden der Ehrenlegion ausgezeichnet worden waren. Doch des strengen Lebens überdrüssig, stürzt Aurélie sich in die Galanterie. Der Erfolg lässt auf sich warten, da sie älter ist als ihre »Kolleginnen«. Sie ergreift ihre Chance bei einer Begegnung mit Arthur de Rochefide, der von seiner Gattin Béatrix auf gemeine Art verlassen worden ist. Ebenso knauserig wie misstrauisch, gibt der dicke Alte Aurélie nur zwölfhundert Francs im Monat, aber sie ist gerissen. Sie weiß, dass Arthur de Rochefide ein Vielfraß ist, und wird ihn durch die Tischfreuden gewinnen.

»Müde der ewigen Restaurants, wo das Essen meist abscheulich schmeckt, wo ein halbwegs erlesenes Diner sechzig, und wenn man drei Freunde einlädt, mindestens zweihundert Francs kostet, bot er der Schontz für das Diner, alles mit inbegriffen, vierzig Francs täglich, wobei er sich vorbehielt, stets einen seiner Freunde als Gast zu laden. Aurélie hütete sich wohl, diesen Vorschlag abzulehnen ..., fand aber gnädigstes Gehör, als sie einen Toilettenzuschuss von monatlich fünfhundert Francs erbat, um ihrem *dicken Papa*, dessen Freunde dem Jockeyklub angehörten, keine Schande zu machen.

›Das wäre ja noch schöner‹, meinte sie, ›wenn mich Rastignac, Maxime de Trailles, d'Esgrignon, La Roche-Hugon, Ronquerolles, Laginski, Lenoncourt und die anderen für eine Madame Éverard hielten! Im Übrigen, vertrauen Sie mir, mein dickes Väterchen, Sie werden dabei nur gewinnen!‹ Und es gelang ihr tatsächlich, in dieser neuen Phase neue Tugenden zu entfalten. Sie lebte sich in die Rolle einer guten Hausfrau ein und zog den größten Nutzen daraus. Mit einer Summe von zweitausendfünfhundert Francs knüpfte sie, wie sie zu sagen pflegte, die beiden Enden des Monats ohne Schulden aneinander, was man in dem Faubourg Saint-Germain des dreizehnten Arrondissements noch nie erlebt hatte, und dabei waren ihre Diners denen Rothschilds ungleich überlegen, und man trank erlesene Weine bei ihr, zehn bis zwölf Francs die Flasche. Rochefide, begeistert, überglücklich, dass er seine Freunde so oft zu seiner Geliebten einladen und dabei noch sparen konnte, sagte, indem er ihre Taille umschlang: ›Ein wahrer Schatz ist sie!‹«[98]

Aurélie Schontz hat die Partie gewonnen, ganz im Gegensatz zu der armen Sabine du Guénic, die ihren Mann, Calyste, der keiner anderen als eben Rochefides Frau, der gefährlichen Béatrix, verfallen ist, mit den gleichen Mitteln zurückzuerobern versucht. Als die Jungvermählte bemerkt, dass ihr Calyste missmutig den Teller zurückschiebt und nur »zwei, drei Bissen« hinunterwürgt, statt mit dem gewohnten Appetit zu essen, will sie unbedingt herausfinden, an welchen Speisen er sich bei seiner Mätresse ergötzt. Ihr treuer Diener Gasselin bändelt mit Béatrixens Köchin an, »bis Sabine ihrem Gatten endlich mit Gleichem, ja Besserem aufwarten konnte als die Küche der Marquise. Doch alsbald machte er neue Schwierigkeiten ... ›Ach‹, rief sie aus, als sie am nächsten Morgen erwachte, ›Calyste fehlten die gestampften Maikäfer! Diese englischen Zutaten, die in den Apotheken in kleinen Ölfläschchen verkauft werden. Die Marquise gewöhnt ihn an allerlei Gewürze!‹«[99] Es erübrigt sich, hinzuzufügen, dass es einer ungleich komplizierteren Strategie bedürfen wird, um Calyste in den Schoß der Ehe zurückzuführen, denn Madame de Rochefide hält ihn nicht mit Leckereien, ja nicht einmal mit aphrodisischen Maikäfern. Er ist ein glücklicher Liebhaber, es interessiert ihn daher wenig, was er auf dem Teller hat.

Auch die Baronin Dinah de la Baudraye bemüht sich vergebens um ihren geliebten Lousteau, der nach Paris zurückgefahren ist und sie in der Provinz schmachten lässt. Damit er sie nicht vergisst, kommt sie auf die grandiose Idee, ihm zwei riesige Körbe nach Paris zu schicken, jene länglichen, mit Gittern verschlossenen Körbe, die man für den Transport von Austern oder Wildbret benutzt. Doch grausame Ironie des Schicksals – als er sie in Empfang nimmt, ist seine Mätresse gerade bei ihm. »›Deine zehnte Muse ist eine Frau von hoher Intelligenz‹, sagte die Lorette, einen der Körbe auspackend, während Lousteau unterschrieb. ›Ich liebe das, eine Muse, die etwas vom Haushalt versteht und Pasteten sowohl mit Tinte als auch mit Wild anrichtet ... Oh! Die schönen Blumen!‹, rief sie, als sie den zweiten Korb öffnete. ›So etwas Herrliches gibt es in Paris nicht! Und hier: ein Hase, Rebhühner, ein Rehrücken! Wir laden deine Freunde ein und veranstalten ein glänzendes Diner; Athalie hat ein besonderes Talent, Rehrücken zu bereiten.‹«[100] Und eine ganze Bande fröhlicher Gesellen stürzt sich auf den guten Schmaus, ohne einen einzigen Gedanken an die zärtliche Dinah zu verschwenden. Schlimmer noch, Lousteau, der Schlawiner, gleichgültig gegenüber ihren Aufmerksamkeiten, wirft den langen Liebesbrief, der den Gaben beilag, ungelesen ins Feuer.

Wie gesagt, Balzacs Vielfraße sind keine siegreichen Helden. In *Albert Savarus* hat Monsieur de Watteville, ein Edelmann von so ruhiger Wesensart, als lebte er »wie eine Assel in der Holzverschalung«, eine reiche Erbin mit düsterem Gesicht geheiratet, überaus fromm, prüde und spitzig. Man kann sich vorstellen, dass es in dieser Ehe nicht lustig zuging. Der trockene und geistlose Gemahl begriff trotz seiner fabelhaften Ahnungslosigkeit von Anfang an, dass er es mit seiner Frau nicht aufnehmen würde. Zum Trost begann er Insekten und Muscheln zu sammeln und konzentrierte sich ganz auf die Tischfreuden. Bei ihm war das Essen vorzüglich. »Die Weine des Monsieur de Watteville, der zur eigenen Beschäftigung und Unterhaltung bei sich den Kellermeister abgab, kannte man im ganzen Département.«[101] Der kleine Glanz, den er so gewann, reichte zwar nicht, um sein Dasein zu erhellen, aber die Zubereitung prächtiger Diners half ihm, sich die Zeit zu vertreiben.

Ein anderer unglücklicher Ehemann, der von seiner Frau betrogene Comte de Monpersan, wird regelrecht bulimisch. Zum Erstaunen der Gäste bleibt er am Tisch sitzen und isst wie besessen weiter, während sich um ihn herum ein Drama abspielt. Seine Frau ist verschwunden, und man fürchtet, sie könne sich ins Wasser gestürzt haben. Gewiss, die Verzweiflung der Gräfin erklärt sich durch den plötzlichen Unfalltod ihres Geliebten, aber das entschuldigt nicht das Phlegma ihres Mannes. »Von wilder Gefräßigkeit ... verzehrt, hatte der tierische Hunger alle menschlichen Regungen besiegt.«[102]

Im Spektrum all der Männer, die sich bei Tisch über ihre zerrüttete Ehe hinwegtrösten, nimmt Monsieur de Beauséant einen Sonderplatz ein. Der Vicomte de Beauséant ist ein zu eleganter Pariser, um unter der passionierten Liebe seiner Frau für den schönen Marquis d'Ajuda-Pinto, einen der »impertinenten Aufschneider seiner Zeit«, zu leiden. Erstens hat er selbst eine Mätresse, zumindest offiziell, denn in diesem Milieu ist Treue eine eher lächerliche als lobenswerte Eigenschaft. Und zweitens ist er heilfroh, dass die Anwesenheit des Liebhabers ihn davon entbindet, seine Frau abends auf den Boulevard des Italiens zu begleiten. Aber im Wesentlichen war Monsieur de Beauséant blasiert und »kannte kaum noch andere Freuden als die der Tafel«. In diesen Dingen hielt er es mit seinem König, Ludwig XVIII., der bei Tisch den doppelten Luxus des »erlesenen Inhalts in erlesenen Gefäßen« pflegte. So erstrahlte die Tafel seines Speisezimmers in jener üppigen Pracht, »die unter der Restauration bekanntlich auf die Spitze getrieben wurde«. Die Soupers, »die zur Zeit des Kaiserreichs den Abschluss eines Balles bildeten, und bei denen die Militärs neue Kräfte sammeln mussten, um die Kämpfe, die ihrer warteten, zu bestehen«,[103] erschienen dem Vicomte rüpelhaft. Wie Balzac liebte er prachtvoll verziertes Tafelsilber, eine unvergleichlich feine Tischwäsche, eine lautlose Bedienung, eine Atmosphäre ohne unangenehme Gerüche, die den Duft der Speisen beeinträchtigen könnten. Es ist Monsieur de Beauséant, der den zur Zeit des *Vater Goriot* noch armen Studenten Rastignac den absoluten Luxus – den poetischen Luxus – ahnen lässt. Aber diese Figuren, Watteville, Monpersan und Beauséant, sind leidenschaftliche Esser, die von Balzac eher skizziert als beschrieben werden. Ausführlicher widmet er sich den beiden Rougets, Vater und Sohn, in *Junggesellenwirtschaft*, oder auch dem Vetter Pons, dem seine Gelüste nach guten Diners zum Verhängnis werden.

Junggesellenwirtschaft oder – wie der zweite Titel lautet – *Die Fischerin im Trüben* ist einer der schwärzesten, aufregendsten, dramatischsten Romane von Balzac. Zahlreiche Figuren drängen ins Rampenlicht, machen sich den Vordergrund der Bühne streitig und führen den Leser von Paris, mit einem Umweg über Amerika, nach Issoudun. Einem dieser Romanhelden, dem alten Geizkragen Hochon, sind wir bereits begegnet. Wenden wir uns hier nun Doktor Rouget und dessen Sohn zu, die beide wie Hochon in Issoudun leben, beide sehr dem Essen zugeneigt, jeder auf seine Art und aus ganz unterschiedlichen Gründen.

Der Erste ist ein »gerissener und lasterhafter Alter«,[104] der Zweite ein Junggeselle, der zu rein gar nichts taugt, eine absolute Null. Eines Tages bemerkt der Doktor auf dem Rückweg von seinen Krankenbesuchen ein wunderschönes kleines Mädchen, ganz in Lumpen gekleidet, das mit »Trüberühren« beschäftigt ist, das heißt an einem Bach das Wasser trübe rührt, um Krebse zu erschrecken und die stromaufwärts fliehenden Tiere einem weiter oben postierten Mann ins Netz zu treiben. Der Doktor hält, spricht sie an, und als er hört, sie sei zwölf Jahre alt, schlägt er ihr vor, sie bei sich aufzunehmen. »Du bekommst gut zu essen, gute Kleider und ich gebe dir ein Paar entzückende Schuhe«, verspricht er ihr, als sie zögert. Um das Geschäft abzuschließen, bietet er ihrem Begleiter, der ihr Onkel ist, die entzückende Summe von zweihundert Ecus.

Wieder zu Hause, lässt er ihr ein Zimmer richten, das über seinem eigenen liegt, bestellt die Schneiderin und den Schuhmacher, und etwas später gibt er Flore, so ihr Name, einen Lehrer, damit sie lesen und rechnen lernt. Der alte Rouget hatte wohl geglaubt, er könne es im Kleinen dem großen Ludwig XV. gleichtun, und freute sich, auf diese Weise Vorsorge für die Lustbarkeiten seiner Abende in einer nicht allzu fernen Zukunft zu treffen. Doch mit siebzig Jahren befand er sich »in der Blüte des Alters«, und als der Augenblick gekommen war, die süße Frucht zu pflücken, musste er sich eingestehen, »von der Natur in seinen lüsternen Berechnungen getäuscht« worden zu sein.[105] Flore blieb dennoch im Haus, wo sie sehr zufrieden war, vor allem, wenn sie ihr neues Leben mit dem verglich, das sie bei ihrem Onkel geführt hätte. Es widerstrebte ihr übrigens nicht, sich gewissen Erwartungen des Doktors »wie eine orientalische Sklavin« zu beugen, erschien ihr doch »alles erlaubt, was sie der Hölle des Hungers und der ewigen Mühsal entreißen« konnte.[106] Wie Balzac es so wunderbar versteht, lässt er Abgründe erahnen, ohne ins Detail zu gehen. Unterdessen zerfrisst den Doktor sein Versagen, verschärft durch die Schönheit des jungen Mädchens, und um sich zu trösten, wendet er sich dem Essen zu – einem Tisch, der dank Fanchette, seiner dicken Berichonner Magd, einiges zu bieten hat. Rouget selbst hat ihr das Kochen beigebracht, denn der Doktor ist ein Gelehrter, der während seines Medizinstudiums in Paris Chemiekenntnisse erworben hat und diese kulinarisch zu nutzen weiß. Auch ist er derjenige, dem wir das einzige Rezept der *Menschlichen Komödie* verdanken:

»Er ist in Issoudun berühmt durch mehrere Verfeinerungen, die man allerdings außerhalb des Landes Berry kaum kennt. Seine Entdeckung ist es, dass ein Omelette viel delikater gerät, wenn man Eiweiß und Eigelb nicht mit der üblichen Brutalität, die Köchinnen dabei walten lassen, zusammen schlägt. Nach seiner Vorschrift muss man erst das Weiße zum Schäumen bringen und dann nach und nach das Gelbe einfließen lassen, und man benutzt keine Pfanne, sondern einen *Cagnard* aus Porzellan oder aus Steingut. Der Cagnard ist eine Art dicke Platte auf vier Füßen, damit das Feuer sie, wenn sie auf dem Herd steht, dank der durchströmenden Luft nicht zum Platzen bringen kann ... Der Doktor hatte auch eine Methode entdeckt, das Beißende beim Einbrennen zu verhindern, aber dies Geheimnis, das er bedauerlicherweise nicht aus der eigenen Küche herausließ, ist verloren gegangen.«[107]

An seinem Tisch sammeln sich keine Freunde. Rouget ist in der Kleinstadt nicht beliebt. Er flößt seinen Nachbarn und Bekannten Angst ein. Man weiß, dass er seine Frau unglücklich gemacht und seine Tochter mit ungerechter Härte zurückgestoßen hat. Mit dem ist nicht gut Kirschen essen, sagen die Leute und setzen, wenn sie ihm begegnen, ein freundliches Gesicht auf, aber da er als Lüstling in Verruf ist, wird hinterrücks geklatscht:

»›Was meinen Sie, was sollte dieser greise Affe in seinem Alter schon mit einem kleinen Mädchen von fünfzehn Jahren anfangen?‹, sagten die Leute zwei Jahre nach der Ankunft der Trüberührerin.

›Recht haben Sie‹, war die Antwort, *›seine lustigen Tage sind längst vorbei.‹*...

›Ach wissen Sie, dieser Unhold hat das Alte Testament gelesen, und sei es nur als Mediziner, da hat er gelernt, wie König David sich sein Greisenalter wärmte.‹«[108]

Die Stimmung ist also trotz der Anwesenheit des schönen Mädchens nicht heiter. Auf seine alten Tage verbringt Rouget viel Zeit mit Grübeleien darüber, welches das sicherste Mittel zur Enterbung seiner Tochter wäre, von der er vermutet, sie stamme nicht von ihm. Hingegen begünstigt er seinen Sohn, dessen Blödheit ihn jedoch zu einem jammervollen Gefährten macht, und Flores Gegenwart ist dem alten Rouget ein ständiger Stachel im Fleisch. Einer mehr, mit dem man nicht am Tisch sitzen möchte.

Die Bedeutung der Küche beschränkt sich in dem Roman nicht nur auf den Doktor. Als dieser starb, wurde Flore die Mätresse seines Sohnes, Jean-Jacques, der ein großer Dummkopf und heillos in sie verliebt war. Mit Autorität und Sachverstand übernahm Flore die Führung des Hauses. Sie hatte Fanchette sehr genau beobachtet, um sie am Herd ersetzen oder eine neue Köchin ausbilden zu können, denn sie konnte sich wohl denken, dass die alte Magd unter ihrer Herrschaft nicht bleiben würde. Flore band den jungen Rouget so fest an sich, dass er in der Leere seiner Tage bei allem, was ihn erfreuen mochte, von ihr abhing, und sie »hob die Tafel auf bischöfliche Höhe. Jean-Jacques gewöhnte sich an das Schmausen und aß immer mehr, verführt von den vortrefflichen Gerichten der Védie, der neuen Köchin. Trotz dieser ausgezeichneten und überreichlichen Ernährung wurde er jedoch kaum dicker. Von Tag zu Tag sackte er zusammen wie ein müdes Wrack, vielleicht von der Verdauung, und bekam tiefe Ringe um die Augen.«[109] Nach dem Essen nickte er schnarchend ein.

Binnen einer Generation erleben wir den Absturz von der Schlemmerei zur Fresserei. Während die Erste, die Schlemmerei eines echten Kenners, dem Vater sicher einen gewissen Trost hat spenden können, wird die haltlose Völlerei dem Sohn zum Verhängnis: Er stirbt an einer unverdauten Scheibe Stopfleber. Das Ende des Sohnes Rouget liegt auf einer Linie mit Balzacs Philosophie, jeder Exzess verkürze das Leben. Im Grunde hält der Romancier sich noch immer an die Maximen seines Vaters, der, wir erinnern uns, zum Abend nur einen Apfel aß. Er beharrt immer auf den Gefahren einer allzu guten Tafel, die »das Gehirn zugunsten eines zweiten Hirnes, das im Zwerchfell liegt, auslöscht ... Welcher Mann, der die vierzig überschritten hat, wagt nach Tisch noch zu arbeiten? Deshalb waren auch alle großen Männer maßvoll.«[110] Es verdient Beachtung, welche Strenge Balzac gegenüber all den Feinschmeckern walten lässt. Seine Schlemmer sind keine Lebemänner, und wenn sie nicht bösartig sind, sind sie Sklaven ihrer Manie. Vetter Pons, der Schlemmer par excellence in der *Menschlichen Komödie*, stirbt nicht am Exzess, sondern an Kummer. Aber sein ganzer Kummer kommt allein von der unbändigen Leidenschaft für alles, was die Tafel bietet.

Der Vetter Pons ist ein echter Schlemmer, ein wahrer Gourmand. Er ist kein Kochkünstler, er behauptet nicht, irgendetwas von der Zubereitung zu verstehen, er hatte nie einen Küchenchef oder auch nur eine Köchin zu beaufsichtigen. Er hat immer bei den anderen gegessen. Sobald er im Roman das erste Mal in Erscheinung tritt, sieht man ihn den Boulevard des Italiens entlanggehen, »mit schnuppernder Nase und schmatzenden Lippen, wie ein Kaufmann, der eben ein treffliches Geschäft abgeschlossen hat, oder wie ein Junggeselle, der zufrieden mit sich selbst aus einem Boudoir kommt«.[111] In Wirklichkeit kommt er aus keinem Boudoir, sondern er bereitet sich auf ein exzellentes Diner bei seinem Vetter vor, Camusot de Marville, dem Kammerpräsidenten des königlichen Gerichtshofs.

Sylvain Pons ist ein talentierter Musiker, ein bezaubernder Komponist, der seine Sternstunden während des Kaiserreichs erlebt hat, ein braver Mann mit goldenem Herzen, »eine zarte, träumerische, empfindsame Seele«. In seiner Jugend hat er Romanzen improvisiert, einige Opern komponiert, Konzerte organisiert und wurde so oft zum Essen gebeten, dass er seine Einladungen »in einen Kalender eintrug wie ein Anwalt seine Prozesse«.[112] Kein Zweifel, Pons ist ein Musiker, der Karriere gemacht hat, aber seine beiden Hauptleidenschaften sind das Essen und der Trödel, oder besser gesagt, das Aufstöbern verkannter Kunstobjekte und Gemälde. Diese zweite Leidenschaft ist geheim. Niemand, außer einigen wenigen Antiquitätenhändlern, weiß etwas von der kostbaren Sammlung, die er im Lauf der Jahre zusammengetragen hat. Die Erstere hingegen ist öffentlich und bringt ihm am Ende Enttäuschung über Enttäuschung ein. Pons' Hang zur Schlemmerei ist der eigentliche Motor des Romans.

Wie kommt ein Mann wie Pons zu solch obsessiven Essgelüsten? Balzac bietet eine ganz einfache Erklärung. Dem Vetter Pons war nie das Lächeln einer Frau beschieden, und das ist auch kein Wunder. Wie hätte er gefallen sollen mit seinem breiten Gesicht, durchlöchert wie ein Schaumsieb, matschig wie ein Kürbis und beherrscht von einer Nase à la Don Quijote?[113]

»Viele Männer haben dieses verhängnisvolle Schicksal. Pons war eine Missgeburt; sein Vater und seine Mutter hatten ihn im Alter gezeugt, und er trug die Schandmale dieser unzeitigen Geburt auf seiner Haut, deren leichenblasse Farbe in einem jener Spiritusgläser erworben schien, in denen die Wissenschaft gewisse außergewöhnliche Föten konserviert. Der Künstler ... gezwungen, den Charakter anzunehmen, den sein Gesicht ihm vorschrieb, verzweifelte daran, nie geliebt zu werden. Das Zölibat war daher bei ihm weniger Neigung als Notwendigkeit. Die Schlemmerei, die Sünde der tugendhaften Mönche, empfing ihn mit offenen Armen. Er stürzte sich hinein, wie ehemals in die Anbetung der Kunstwerke und die Verehrung der Musik. Das gute Essen und die Sammelwut waren ihm Ersatz für eine Frau; denn die Musik, das war sein Stand, und welcher Mann liebt schon den Stand, von dem er lebt? Auf die Dauer geht es mit dem Beruf wie mit der Ehe, man spürt nur noch die Nachteile.«[114]

Solange Pons ein beliebter Künstler war, brachte ihm sein Laster nur Freude ein: Er aß jeden Abend in der Stadt. Überall wurde er gefeiert, man bot ihm das, wovon Balzac an seinen Arbeitstisch gefesselt träumte, grüne Bohnen, Zuckererbsen und frisch geerntete Erdbeeren, die saftigsten Früchte; seine Gastgeber entkorkten ihre besten Weine, sie pflegten das Dessert, den Kaffee, die Liköre und verwöhnten ihn, so gut sie konnten, »wie man es unter dem Kaiserreich gewohnt war, als viele Häuser den Glanz der Könige, der Königinnen und der Fürsten nachahmten, von denen Paris überquoll«.[115]

Zu Beginn des Romans, im Jahr 1844, ist Pons über sechzig. Ein Alter, an dem er schwer zu tragen hat, denn hässlich und arm, »heißt das nicht dreimal alt sein?« Er wird nicht mehr geschätzt, ist so tief gesunken, dass er in Mädchenpensionaten Klavierunterricht erteilen muss und das Orchester eines zweitklassigen Theaters dirigiert. Oft findet er sich zur Stunde des Diners ungeladen bei seinen Nächsten ein, wie es unter Verwandten damals noch üblich war, aber er wird ohne Begeisterung empfangen. Man erträgt ihn, »wie man eine Steuer erträgt«. Vom ewig Eingeladenen ist unser Pons zum Schmarotzer abgestiegen. Er ist sich darüber vollkommen im Klaren, bringt es jedoch nicht fertig, die so wunderbar gedeckten Tafeln gegen die fade Suppe eines Restaurants für vierzig Sous einzutauschen. »Ach!, ihn schauderte bei dem Gedanken, dass seine Unabhängigkeit so große Opfer forderte, und er fühlte sich der ärgsten Feigheiten fähig, um sein Wohlleben fortzusetzen, alle jungen Rotweine zu ihrer Zeit zu genießen, kurz, lauter gute, sorgfältig angerichtete kleine Speisen zu verputzen (wie der Volksmund so schön sagt). Ein pickender Vogel, der mit voller Kehle davonfliegt und zum Dank nur ein Liedchen zwitschert. Pons empfand übrigens ein gewisses Vergnügen, auf Kosten einer Gesellschaft gut zu leben, die nur noch Niedrigkeiten von ihm verlangte ... Pons behauptete seinen kostenlosen Platz am Tisch, indem er sich in allen diesen Häusern unentbehrlich machte. Er schlug damit einen unheilvollen Weg ein: Er ließ sich eine Menge von Besorgungen aufladen und ersetzte die Pförtner oder Dienstboten bei allen möglichen Gelegenheiten.«[116] Man bat ihn, kleine Geschenke einzukaufen, vertraute ihm Heimlichkeiten an. Er war so diskret, dass man seine Gegenwart vergaß und sich ungeniert vor ihm aussprach. So wurde er »der ehrliche und anständige Spion, den eine Familie in die andere schickte; aber für all diese Laufereien und Feigheiten wusste man ihm keinen Dank«.[117] Er sank so tief, dass die Kammerzofe seiner Cousine sich in den Kopf setzte, ihn zu heiraten. Aber dieses unwürdige Glück weist Pons zurück, und im Übrigen lebt er nicht allein.

Er hat einen Freund, einen so engen und innigen Freund, dass er, so sagt Balzac, »die einzige Ehe schloss, welche die Gesellschaft ihm erlaubte: Er heiratete einen Mann, einen Greis und Musiker wie er selbst«.[118] Diese Altersstütze heißt Schmucke, ein Deutscher wie Mozart, aber ohne die Kühnheit, derer das Genie bedarf. Dieser sanfte, uneigennützige, einfältige Mann, ehemaliger Kapellmeister des Markgrafen von Anspach, weilte seit bald zwanzig Jahren in Paris, lebte dort mit seinem Kater Mirr und unterrichtete alle jungen Mädchen der *Menschlichen Komödie* im Klavierspiel, als er Pons kennenlernte. Die beiden verstanden sich so gut, dass sie beschlossen, ihre Haushalte zusammenzutun. Schmucke ist ein Träumer, zerstreut, mit bescheidenen Ansprüchen, vollkommen glücklich damit, gegen Mittag eine Kleinigkeit aus der Hand zu essen und sich als Diner mit dem zu bescheiden, was die Portiersfrau, Madame Cibot, ihm in ihrer Loge brutzelt, während Pons weiterhin jeden Abend ausgeht.

Als Pons ihm gesteht, welche Erniedrigungen er erdulden muss, mit welcher Härte er oft von seinen Gastgebern behandelt wird, rät ihm der gute Schmucke, er solle lieber zu Hause bleiben und sich wie er von Brot und Käse ernähren, statt an reichen Tafeln Diners zu essen, die man ihn so teuer bezahlen lässt.

Aber ach! »Pons wagte Schmucke nicht einzugestehen, dass bei ihm Herz und Magen Feinde waren, dass der Magen recht wohl mochte, was dem Herzen weh tat, und dass es für ihn ebenso notwendig war, ein gutes Essen auszukosten, wie für einen galanten Mann, mit einer Geliebten zu schäkern.«[119]

Eine frappierende Nähe, die da hergestellt wird, und Balzac setzt den Vergleich zwischen dem Schlemmer, der den Magen vergöttert, und dem Frauenverehrer fort. »Ein so erzogener Magen beeinflusst zwangsläufig die Moral und verdirbt sie auf Grund der hohen kulinarischen Weisheit, die er erwirbt. Die Wollust, die sich in allen Falten des Herzens einnistet, spricht dort als Gebieterin, schlägt Willenskraft und Ehre in die Flucht und verlangt Befriedigung um jeden Preis. Die Forderungen des Gaumens sind nie beschrieben worden; sie entziehen sich der Literaturkritik durch die Bedürfnisse des Lebens.«[120] Und das ist nicht erstaunlich, denn für Balzac sind die Freuden des Magens denen der Liebe absolut vergleichbar.

»Brillat-Savarin hat durch eigene Parteinahme die Neigungen der Feinschmecker gerechtfertigt; aber vielleicht hat er nicht genug die wirkliche Lust betont, die der Mensch bei Tisch findet. Indem die Verdauung die menschlichen Kräfte in Anspruch nimmt, ruft sie einen inneren Kampf hervor, der bei den Anbetern des Magens den höchsten Genüssen der Liebe gleichkommt ... Genesende, denen man nach schwerer Krankheit so vorsichtig eine ausgewählte Nahrung zumisst, haben nach dem Verzehr eines einzigen Hähnchenflügels oft eine Art gastrischen Rausch beobachten können. Der weise Pons, bei dem sich alle Genüsse auf das Spiel seines Magens konzentrierten, befand sich fortwährend in der Lage jener Genesenden: Er verlangte vom guten Essen alle Erregungen, die es geben kann, und er hatte sie bis dahin jeden Tag bekommen. Niemand wagt es, einer Gewohnheit ade zu sagen. Viele Selbstmörder haben auf der Schwelle des Todes haltgemacht, weil sie von der Erinnerung an das Café ergriffen wurden, in dem sie jeden Abend ihre Partie Domino spielten.«[121]

Unterdessen wird Pons von einer seiner Verwandten, Madame Camusot de Marville, die verbittert ist wegen der Schwierigkeiten, ihre Tochter zu verheiraten, so schimpflich grob behandelt, dass er auf die prächtigen Karpfen, die Hauptattraktion dieses Hauses, verzichtet und vor dem Diner wieder geht. So kehrt er denn unvorhergesehen nach Hause zurück. Schmucke kann sein Glück kaum fassen, und um den Freund zu trösten, lässt er aus dem Cadran Bleu ein feines Essen kommen, ein wahres Lukullusmahl, bestehend aus gegartem Kalbfleisch, einem Fisch, einer guten Flasche Bordeaux und Reiskroketten mit geräuchertem Speck, die er etwas geheimnisvoll als »beste Leckereien« bezeichnet. Auftritt der Portiersfrau, Madame Cibot: Angelockt von der unerwarteten Rückkehr des alten Pons, wittert sie die Möglichkeit, ein gutes Geschäft zu machen. Als sie hört, wie die Dinge stehen, bietet sie freimütig an, den beiden Herren von nun an täglich ein Abendessen zu bereiten, wohl wissend, dass es besonderer Anstrengung bedürfen wird, um den neuen Kunden zu befriedigen. Wir verlassen somit die Gefilde der hohen Kochkunst und bekommen es mit den Genüssen der guten Hausmannskost zu tun, einer Küche der klein gehackten Zwiebeln, in der gebrutzelt wird. Pons weiß sie zu schätzen, er ist Kenner genug, aber nachdem er ungefähr drei Monate lang jeden Abend in einträchtiger Zweisamkeit mit seinem lieben Schmucke gegessen hat, fällt er bald in Melancholie.

Also wägt er das Pro und Kontra ab. Er ist jetzt gezwungen, achtzig Francs im Monat von der Summe abzuzwacken, die er sonst seinen Kunstobjekten vorbehalten hat, denn zu den fünfundvierzig Francs, die ihn das Diner bei Madame Cibot kostet, muss er etwa fünfunddreißig für den Wein rechnen. »Dann, ungeachtet Schmuckes Sorgfalt und seiner deutschen Spöttelei, vermisste der alte Künstler die gepflegten Gerichte, die Gläschen Likör, den guten Kaffee, das Geschwätz, die falschen Höflichkeiten, die Tischgesellschaft und die Lästereien der Häuser, in denen er gespeist hatte. Man bricht nicht auf der Neige des Lebens mit einer Gewohnheit von sechsunddreißig Jahren. Ein Weinfass zu hundertdreißig Francs liefert eine wenig erbauliche Flüssigkeit in das Glas des Feinschmeckers; daher erinnerte sich Pons auch, sooft er sein Glas an die Lippen führte, mit tausend Sehnsüchten an die ausgezeichneten Weine seiner Gastgeber. Nach Ablauf von drei Monaten hatten sich die grausamen Schmerzen, an denen sein empfindsames Herz fast zersprungen wäre, gelegt, und er dachte nur noch an die Annehmlichkeiten der Gesellschaft, wie ein alter Frauenliebhaber an eine Mätresse, die er wegen ihrer Untreue verlassen hat!«[122] Pons ist schwach, nicht anders als Baron Hulot, der sich, auch als er den Gemeinheiten der Valérie Marneffe ins Auge sieht, doch noch an ihren Rockzipfel klammert.

Obwohl er die tiefe Schwermut, die ihn verzehrte, zu verbergen suchte, schien der alte Musiker von einer jener unerklärlichen Krankheiten befallen, deren Ursprung in der Seele liegt.

»Um dieses Heimweh nach einer gebrochenen Gewohnheit zu erklären, genügt der Hinweis auf eine der tausend Nichtigkeiten, die gleich den Maschen eines Kettenhemds die Seele mit eisernem Netz umschließen. Eine der lebhaftesten Freuden in Pons' früherem Leben, einer der Genüsse des Tellerleckers überhaupt, war die *Überraschung*, die Antwort der Magennerven auf die Extraspeise, jene auserwählte Leckerei, welche die Herrin in bürgerlichen Häusern triumphierend als Zusatzgericht präsentiert, wenn sie ihrem Gastmahl ein festliches Gepräge geben will! Diese Magenweide fehlte Pons, Madame Cibot erzählte ihm vor lauter Stolz das Menü im Voraus. Das Pikante spielte in Pons' Leben keine Rolle mehr. Sein Essen verlief ohne Aussicht auf das Unerwartete, auf das, was im Haushalt unserer Vorfahren die *bedeckte Schüssel* genannt wurde! Eben das konnte Schmucke nicht verstehen. Pons war zu feinfühlig, um sich zu beklagen, und wenn es noch etwas Traurigeres gibt als das verkannte Genie, ist es der unverstandene Magen ... Nichts lässt sich mit seinen Leiden vergleichen, denn was sonst macht das Leben lebenswert? Pons trauerte gewissen Cremes nach, ein Gedicht!, gewissen hellen Saucen, Meisterwerke!, gewissen getrüffelten Geflügelpasteten, Schöpfungen der Liebe!, und noch mehr als allem anderen den berühmten Rheinkarpfen, die es nur in Paris gibt, und mit welchen Gewürzen! An manchen Tagen rief Pons laut: ›O Sophie!‹, und dachte dabei an die Köchin des Grafen Popinot. Ein Vorübergehender hätte bei diesem Seufzer gewiss geglaubt, der gute Mann denke an eine Geliebte, doch es handelte sich um eine größere Seltenheit, um einen fetten Karpfen ... Die Erinnerung an die verspeisten Diners ließ den von gastritischem Heimweh befallenen Orchesterdirigenten daher beträchtlich abnehmen.«[123]

Ein Ereignis brachte etwas Sonnenschein in diese trübe Zeit: das Verlobungsfest des Flötenbläsers aus dem Theaterorchester, eines jungen Deutschen, der seine Hochzeit mit der Tochter des Herrn Graff, Besitzer des Rheinhotels, bekanntgab. Der aus Frankfurt stammende Hotelier, dem diese Verbindung sehr am Herzen lag, nutzte seine hervorragenden Beziehungen zu den besten Feinkostlieferanten von Paris, um ein prunkvolles Festmahl zu bieten. Weder Pons noch Schmucke hatten je ein so gutes Essen gekostet, ein schmackhaftes Essen aus einfacher Küche, aber perfekt. »Es gab *sinnbetörende* Gerichte ...! Traumhaft delikate Nudeln, unvergleichlich gebratenen Stint, Genfer Felchen mit der echten Genfer Sauce und eine Creme als Plumpudding, über die der berühmte Doktor, der ihn in London erfunden haben soll, nur hätte staunen können.«[124] Dieses englische Dessert, seit einigen Jahren in Mode, musste sehr sorgfältig bei langer Kochzeit zubereitet werden und gelang nur den besten Köchen. Das Diner zog sich bis zehn Uhr abends hin. »Was an Rheinweinen und französischen Sorten getrunken worden war, würde jeden Dandy verblüffen, denn man weiß gar nicht, welche Mengen an Flüssigkeit die Deutschen sich einverleiben können, ohne ihre Ruhe und ihren Gleichmut zu verlieren. Man muss in Deutschland essen, wenn man erleben will, wie eine Flasche auf die andere folgt, gleich den Wellen an einem schönen Strand des Mittelmeers, und verschwindet, als besäßen diese Deutschen die Saugfähigkeit von Schwämmen oder Sand; aber harmonisch, ohne das französische Geschrei; die Unterhaltung bleibt artig wie die Improvisation eines Wucherers, die Gesichter erröten wie die der gemalten Bräute auf den Fresken von Cornelius oder Schnorr, das heißt unmerklich, und Erinnerungen steigen auf wie Pfeifenrauch, langsam.«[125]

Leider endet das Buch nicht mit dieser idyllischen Betrachtung, mit dieser friedlichen Beruhigung, die das gute Essen spendet. Pons, ganz erregt, wieder gepackt von der wilden Begierde, sein Diner in der Stadt einzunehmen, hat sich in den Kopf gesetzt, sich bei seiner schrecklichen Cousine, Madame Camusot, wieder beliebt zu machen, indem er ihrer versauernden Tochter einen Ehemann verschafft, und dieser Ehemann soll kein anderer sein als der beste Freund des Flötenbläsers, ebenfalls ein Deutscher, der gerade vier Millionen geerbt hat. Der Zufall will es, dass nämlicher Fritz gern heiraten würde, aber er kennt niemanden in Paris, und er verabscheut es, sich herumzutreiben und Frauen zu hofieren. Man müsste ihm das Fräulein finden. Pons wittert seine Chance und preist den Kandidaten bei den Camusots an. Die List scheint von Erfolg gekrönt. Pons wird von seinen Verwandten wieder gnädig aufgenommen, aber da kommt es zur Katastrophe: Der Deutsche macht einen Rückzieher, mit der erstaunlichen Begründung, das Fräulein sei ein Einzelkind, und er sei überzeugt, dass Einzelkinder, zumal Töchter, allesamt verwöhnt und unerträglich seien. Der ganze Zorn von Madame Camusot geht auf den unglücklichen Pons nieder, den sie des Verrats bezichtigt, und der gute Alte stirbt buchstäblich an Kummer.

Die Moral von der Geschichte: Pons' Schlemmerei, denn sie allein erklärt sein ganzes Verhalten, ist eine Obsession, so fatal wie alle balzacschen Obsessionen. Pons ist kein Mensch mehr, sondern nur noch Magen, und er zerstört sich selbst, genau wie Hulot oder Balthazar Claes Opfer ihres Strebens nach dem Absoluten werden. Auf die Spitze getrieben, führen alle Quellen der Freude – seien es Frauen, Gedankenspiele oder Tischgenüsse – ins Verderben. Im *Vetter Pons* ist die Schlemmerei keine lässliche Sünde, keine unwiderstehliche Neigung, sondern schlicht und einfach eine Krankheit.

Es wäre zu traurig, das Kapitel über die Schlemmer mit dieser düsteren Geschichte abzuschließen. Gibt es in der *Menschlichen Komödie* wirklich keine fröhlichen und zufriedenen Schlemmer? Doch, aber sie sind jung, arm, und sie veranstalten imaginäre Festmahle. Es sind die Helden eines weniger bekannten, aber höchst unterhaltsamen Romans, *Der Eintritt ins Leben*, und sie entwickeln sich in der Kanzlei von Maître Desroches, einem Rechtsanwalt, der noch kein Vermögen hat, aber unbändigen Ehrgeiz und maßlose Strenge an den Tag legt. Soeben hat er einen blutjungen Mann, Oscar Husson, als neuen Lehrling verpflichtet und empfängt ihn mit der Ankündigung, bei ihm werde »Tag und Nacht gearbeitet«. Oscar wird in einer Mansarde über dem Büro untergebracht und lebt unter der Aufsicht des ersten Schreibers, Godeschal. Godeschal, ebenso ernsthaft wie sein Meister, kennt indes auch einen anderen Aspekt des Lebens, denn seine Schwester, Mariette, ist eine schöne Tänzerin, eine Berühmtheit an der Oper, die in der galanten Welt verkehrt. Der erste Schreiber überwacht den jungen Mann umso aufmerksamer, als er sich der Gefahren des Pariser Lebens bewusst ist. Die Abmachung mit Rechtsanwalt Desroches lässt Oscar genug Zeit, seine Kurse an der juristischen Fakultät vorzubereiten. Aber die Tage sind so straff durchorganisiert, dass es einen schaudert. Um fünf Uhr morgens ist der junge Mann auf den Beinen, stärkt sich mit einer Tasse Kaffee, macht sich an die Arbeit, geht zu seinen Kursen, manchmal wegen irgendeiner Angelegenheit zum Justizpalast und kehrt dann ins Büro zurück, um mit seinem Chef und Godeschal das Abendessen einzunehmen, ein derbes Fleischgericht, Gemüse, Salat und ein Stück Gruyère. Es sei angemerkt, dass Gruyère bei Balzac keine Leckerei ist, sondern die bescheidene Nachspeise junger Leute, die kein Geld haben. Einmal im Monat wird Oscar von seinem Onkel zum Déjeuner erwartet, und gelegentlich nimmt eine Freundin seiner Mutter ihn mit zum Diner am Palais-Royal.

Ein trostloses Dasein für einen jungen Mann, der von schöner Kleidung, von Tänzerinnen, Schauspielerinnen und köstlichen Mahlzeiten träumt. Er ist nicht der Einzige, der erlesene Speisen im Kopf hat, und um sich über ihre schmale Alltagskost hinwegzutrösten, haben die Schreiber der Kanzlei ein Ritual erfunden: Jeder Neuling muss seinen Kollegen zum Einstand ein prunkvolles Essen bieten. Damit Oscar sich eine Vorstellung machen kann, was von ihm erwartet wird, präsentieren sie ihm ein verstaubtes Album, in dem die Protokolle aller bisherigen Empfänge verzeichnet sind. Natürlich ist das Ganze ein Scherz. Das Album ist zwar alt – man hat es bei einem Papierkrämer aufgetrieben, sodann »dem Staub ausgesetzt und im Kamin gewälzt, um jene Schimmelkruste zu erzeugen, die jeden Antiquar in helle Begeisterung versetzt hätte, und abgefressene Ecken, als hätten die Ratten daran geknabbert«[126] –, aber die Protokolle sind erfunden. Der Neue zittert bei dem Gedanken, ein kostspieliges Essen zu geben, begreift aber bald, dass er nur das Menü seiner Träume hineinschreiben muss. Wovon also träumen diese jungen Mägen? Das Protokoll von Oscars angeblichem Festmahl gibt uns eine Vorstellung. Er behauptet darin, ein rührender Zug an ihm, all die guten Speisen seien von seiner Mutter zubereitet worden.

»Heute, Montag, den 25. November 1822, nach einer Sitzung, die gestern in der Rue de la Cerisaie, im Quartier de l'Arsenal, bei Madame Clapart, der Mutter des angehenden Schreibers Oscar Husson, abgehalten wurde, erklären die Unterzeichnenden, dass das Aufnahmeessen alle Erwartungen übertroffen hat. Es bestand aus schwarzen und roten Radieschen, eingelegten Gurken, Anchovis, Butter und Oliven zur Vorspeise, ferner einer sukkulenten Reissuppe, die große mütterliche Fürsorge verriet, denn wir konnten köstliches Geflügel herausschmecken; und durch das Geständnis des Gastgebers haben wir erfahren, dass tatsächlich die Fleischreste eines schönen Schmorbratens, den Madame Clapart liebevoll zubereitet hatte, klüglich in den daheim angerichteten Suppentopf gewandert waren, mit solcher Umsicht, wie man es nur aus den Haushaltsküchen kennt.

Item der Schmorbraten in einem Meer von Gelee, das Werk der Mutter des Genannten.

Item eine Rinderzunge, die wir keineswegs wie Automaten zu uns nahmen.

Item ein Taubenragout von so herrlichem Geschmack, als hätten die Engel darüber gewacht.

Item ein Makkaroniauflauf vor Schalen mit Schokoladencreme.

Item ein Dessert aus elf delikaten Speisen, unter denen uns trotz des Rausches, in welchen sechzehn Flaschen vorzüglich gewählter Weine uns versetzt hatten, ein himmlisches, wunderbar mundendes Pfirsichkompott aufgefallen ist.

Die Weine aus dem Roussillon und von den Rhône-Ufern haben die Champagner und Burgunder weit übertroffen. Eine Flasche Maraschino und eine Flasche Kirsch haben uns schließlich, ungeachtet des exquisiten Kaffees, in eine so weinselige Stimmung versetzt, dass der Sieur Hérisson, im Bois de Boulogne angelangt, sich noch auf dem Boulevard du Temple wähnte, während Jacquinaut, der vierzehnjährige Lehrling, sich an ehrwürdige Bürgerinnen von siebenundfünfzig Jahren heranmachte, weil er sie, wie hiermit bezeugt, für leichte Mädchen hielt.«[127]

Das also ist Balzacs Schlaraffenland, ein Paradies dank der »mütterlichen Fürsorge«. Balzac war über vierzig Jahre alt, als er diesen Roman schrieb, und scheint die Kälte seiner Mutter noch nicht überwunden zu haben. Ausnahmsweise stellt er im Detail ein hervorragend gekochtes Menü vor – schreibt er nicht sogar, die Engel hätten über das Köstlichste gewacht? –, aber außer den elf Nachspeisen hat es nichts Exzessives an sich. Wieder einmal finden wir den berühmten Makkaroniauflauf mit süßen Beigaben, und wir wären nicht bei Balzac ohne eine besondere Erwähnung der herrlichen Früchte in Form eines Pfirsichkompotts, gefolgt von einem erstaunlichen Sortiment an Weinen und Likören. Alles, was Balzac an Festmählern missfällt – die Zerstörung der kunstvollen Darbietung, die dummen Gespräche, die schwere Verdauung, die Trunkenheit –, alles Unangenehme ist verschwunden. Es bleibt nur die liebevolle Hand, die das Essen zubereitet hat. Der ganze Streich ist ein Spaß, der nichts Boshaftes an sich hat, sondern nur die kameradschaftliche Ungezwungenheit der Schreiber und die Fröhlichkeit der Jugend zeigt.

Nichts kommt je diesen imaginären Genüssen gleich. Als die Angestellten der Kanzlei Gelegenheit zu einem wirklichen Festschmaus haben, einem jener pantagruelischen Essen im Rocher de Cancale, das über sechs Stunden dauert und zu dem Georges Marest eingeladen hat, ein Neuer, der betuchter ist als seine Kameraden, endet das Gelage mit einer Katastrophe. Oscar, unser Held, isst sich satt, trinkt aber kräftig über seinen Durst. Ohne genau zu wissen, wie er dorthin gekommen ist, findet er sich bei der schönen Kurtisane Florentine wieder, einer Freundin von Mariette, und verspielt das ganze Geld, das sein Chef ihm anvertraut hat. Völlig erschöpft sinkt er auf ein Kanapee, schläft wie eine Schnapsleiche und erwacht mit dem Schrecken, dass er seine Stellung verloren hat.

Das Träumen, ob vom Essen oder von den Frauen, macht so manche Entbehrungen erträglicher. Balzac konnte ein Lied davon singen, er, der sich auf diese Weise über lange Wochen fastender und tugendhafter Enthaltsamkeit hinwegtröstete. Genau wie der Romancier nur spärlich aß, während er über die Ernährung schrieb, stimmte das Schreiben über die Liebe nicht zwangsläufig mit der Praxis überein. Balzac hat die vielfältigsten und extravagantesten Formen der Liebe heraufbeschworen. Lesbierinnen, Homosexuelle, alte Männer, die sich mit aphrodisischen Pillen vollstopfen, ungestüme Junggesellen, keusche junge Mädchen und verdorbene Weiber, in ihrer Hochzeitsnacht gedemütigte Frauen und solche, die den Moment der Hingabe gekonnt hinauszögern, bevölkern seine Romane. Man findet sogar einen Offizier, der sich mit einer Leopardin paart. Man wundert sich fast, dass man auf all den Seiten keinen Nekrophilen findet. Wilde und platonische, eheliche und schuldige Lieben werden mit Leidenschaft beschrieben, und währenddessen lebte Balzac selbst, wenn nicht keusch, so doch zumindest ohne großen Glanz oder große Abwechslung. Zwei seiner Mätressen hatten das Alter seiner Mutter; er schlief mit seiner Haushälterin, die keine besondere Schönheit war, und betete Madame Hanska aus der Ferne an. Man könnte also sagen, Balzac sei der Spezialist der imaginären Liebe, aber seine imaginären Lieben haben hier ihren Platz, weil sie sich bei ihm immer mit Essen verbinden.

V | Ein bunter Pfirsich, ein Soufflé, eine Tortenpyramide

Nein, diese Überschrift ist keine Dessertauswahl, sondern eine schöne Frau, wie Balzac sie sieht. Manchmal möchte man meinen, es gebe für ihn keinen Unterschied zwischen einer schönen Frucht und einer schönen Frau, er zittere beim Anblick einer saftigen Birne genauso vor Begierde wie bei dem einer verlockenden Brust. Sein imaginäres Paradies erinnert an den Garten der Lüste, wo Früchte und Frauen gleichermaßen verführerisch sind.

Eine Szene aus *Die Lilie im Tal* – eine der erstaunlichsten Szenen der *Menschlichen Komödie* überhaupt – illustriert diese Art Osmose. Es geht um den Ball, mit dem in Tours die Rückkehr Ludwigs XVIII. auf den Thron gefeiert wird. Der noch sehr junge Felix de Vandenesse wird von seinen Eltern als Repräsentant der Familie zu dieser Huldigung geschickt. Verloren in der Menge, betäubt vom Lärm und erschöpft vor Müdigkeit, flüchtet er sich in eine Ecke, um auf dem Ende einer Bank ein wenig auszuruhen, als eine Dame sich neben ihn setzt und ihm in dem Glauben, er sei eingeschlafen, den Rücken kehrt. Ihr Duft belebt ihn wieder, dann gewahrt er plötzlich ihre Schultern, vorspringende weiße Schultern, in die er sich hätte vergraben mögen. Die Schultern haben es ihm angetan: »Es waren zarte Schultern, die zu erröten schienen, als wenn sie zum ersten Mal nackt wären. Es waren keusche Schultern, die eine Seele hatten und deren samtene Haut in dem Licht wie Seide leuchtete. Zwischen den Schultern war eine Linie, über die mein Blick strich, der mutiger war als meine Hand. Zitternd reckte ich mich, um ihr Mieder zu sehen, und wurde vollkommen gefesselt durch einen mit Tüllschleiern schamhaft verdeckten Busen, dessen alabasterne, ebenmäßig runde Brüste in einer Flut von Spitzen weich gebettet waren.«[128] Was tut er? Er wirft sich an diesen Rücken, versenkt sich darein, indem er die schönen Schultern mit Küssen bedeckt. Wie nicht anders zu erwarten, springt die Dame lebhaft auf und entzieht sich dem jungen Heißsporn, aber er bereut nichts, verharrt reglos auf der Bank und »genießt den gestohlenen Apfel«. Der Geschmack dieser Frucht wird ihn sein Leben lang begleiten. Felix ist noch jung und unerfahren, aber die gleiche Assimilation der Begierde nach Früchten und nach einer Frau finden wir auch bei einem gerissenen Schwerenöter wie Lupeaulx.

In *Die Beamten* hat der Comte des Lupeaulx, Generalsekretär des Finanzministers, ein Auge auf die Frau seines Bürovorstehers, die schöne Madame Rabourdin, geworfen und macht ihr ungestüm den Hof. Eines Morgens überrascht er sie zu Hause. Sie flüchtet in ihr Schlafgemach, als sie ihn kommen sieht, doch der Unverfrorene »folgte der schönen Verwirrten, so pikant fand er sie in ihrer losen Morgenkleidung. Ich weiß nicht, was ihren Anblick so lockend machte: Die Haut, die man durch einen Ausschnitt des Hemdes sah, schien vieltausendmal anziehender, als wenn sie sich von der runden Linie eines Samtrandes im Rücken graziös hinaufwölbte bis zu den fliehenden Rundungen des schönsten Schwanenhalses, auf den je ein Liebhaber vor dem Ball seinen Kuss gedrückt haben mochte. Der Blick auf die herrlichen Brüste einer geschmückten Frau ist ein so köstlicher Genuss wie das kunstvoll aufgebaute Dessert bei irgendeinem Festessen. Aber ein Blick unter den vom Schlaf zerknitterten Stoff erhascht das verborgene Naschwerk und verschlingt es wie eine gestohlene Frucht, die errötend aus den Blättern am Spalier leuchtet.«[129] Der begierige Lupeaulx kommt dennoch nicht zum Ziel. In ihrer Tugendhaftigkeit ist Madame Rabourdin »wie eine Tortenpyramide, die niemand anzuschneiden wagt«.

Während sich der kleine Felix an einem Apfel berauscht, ist Lupeaulx, ein versierter Pariser und ziemlich blasiert, schon etwas anspruchsvoller. Gewiss, auch er schätzt Früchte, aber eine wirkliche Verlockung muss schon kunstvoll gestaltet sein wie eine Tortenpyramide. In Sachen Verführung reicht das Natürliche nicht immer aus, wie es der Kontrast zwischen Valerie Marneffe und der Baronin Hulot beweist. Die erste »glich jenen schönen Früchten, die kokett arrangiert auf einem hübschen Teller liegen, dass es den Stahl des Messers juckt«.[130] Man hätte meinen mögen, ein Meisterwerk von Carême vor sich zu haben, eine jener komplizierten und raffinierten Kreationen, die sein Geheimnis waren, »mit ihren Zutaten, ihren Gewürzen, ihrer ausgesuchten Pikanterie«, während die schöne Adeline Hulot, würdig und tugendhaft, es nicht versteht, »ihre weißen Brüste in einer prunkvollen Schale auf Spitzenstickerei zu *servieren*«. Sie hätte es schon lernen wollen, um ihren Gatten zurückzuerobern, aber die arme Unschuldige ist nicht erfinderisch genug, zu anständig, um ihn zum Spiel zu reizen. Auch bietet sie ihm so wenig Überraschung wie eine Aalpastete oder gekochtes Rindfleisch ohne Petersilie, während die andere »den Pfeffer hat, die Würze, den Alkohol im goldenen Kelch«.[131]

Derartige Vergleiche fließen Balzac ganz selbstverständlich aus der Feder, so überzeugt ist er, dass die physische Liebe ein ähnliches Bedürfnis wie der Hunger ist, wobei er allerdings eine wichtige Nuance betont: »Ein Stück Graubrot und ein Krug Wasser stillen den Hunger eines jeden Menschen«, auch des größten Feinschmeckers, allein »die Launen der Seele sind viel zahlreicher, viel prickelnder, viel raffinierter in ihrem Ungestüm als die Extravaganzen der Gastronomie«.[132] Dennoch erscheint ihm die Verbindung zwischen Hunger und Liebe so naheliegend und evident, dass er oft schon fast schematisch darauf hinweist.

In seinen zumeist schnell heruntergeschriebenen, ja gar ein wenig schludrigen Briefen an Madame Hanska kehrt das »Ich bin hungrig, mich dürstet nach dir, ich werde dich fressen« beständig wieder; in seinen Büchern hungern die Liebenden immer nach ihrem Idol, und die ersten Küsse der jungen Mädchen, in deren jungfräulicher Gesichtsfarbe das Auge »den kaum wahrnehmbaren Flaum eines bunten Pfirsichs«[133] zu erkennen glaubt, schmecken immer honigsüß. Weit interessanter und abwechslungsreicher sind da seine humoristischen Auslassungen über die Nützlichkeit der kulinarischen Wissenschaft für Ehemänner, welche sich einer ständigen Bedrohung durch ungestüme Junggesellen ausgesetzt sehen – jenen »Löwen des Evangeliums, die brüllend eine Beute zum Verschlingen suchen«.[134]

Wie kann die kulinarische Wissenschaft den Ehemännern helfen, ihr Los zum Besseren zu wenden? Balzac widmet sich dieser Frage mit der ironischen Distanz eines alten Junggesellen – vergessen wir nicht, dass er selbst erst im Jahr seines Todes geheiratet hat. Das Alter, schreibt er in *Béatrix*, wirke zugunsten des Ehemanns, weil die jungen Leute egoistisch und ungeduldig sind. »Sie sind wie Hungrige: Von den Vorbereitungen des Kochs werden sie nicht satt; sie denken zu sehr an den Zweck, um die Mittel zu verstehen.«[135] Anders gesagt, sie sind egoistische, also wenig befriedigende Liebhaber. Doch der Ehemann, so gut er sich in der Sache auch auskennen mag, hat ein anderes Handicap: Er gesellt sich jeden Abend zu seiner Frau ins Ehebett. Wenn er sich ihre Zärtlichkeit bewahren will, muss er die Gewohnheit mit aller Macht bekämpfen. Das heißt im Prinzip: Er muss für jede Nacht »ein besonderes Diner« erfinden, und vor allem darf er nicht mit der Nachspeise beginnen, denn »die Wonnen der Liebe gehen vom Distichon zum Vierzeiler, vom Vierzeiler zum Sonett, vom Sonett zur Ballade, von der Ballade zur Ode, von der Ode zur Kantate und von der Kantate zum Dithyrambus. Wehe dem Dummkopf, der mit dem Dithyrambus beginnt.«[136] Doch auch der Ehemann, der die Gemahlin dank seiner kenntnisreichen Liebeskunst in ständiger Erregung hält, begibt sich in Gefahr. Der Weise hält die Flammen der weiblichen Leidenschaft »mit klugem Bedacht in den gemäßigten Zonen der ehelichen Liebe«.[137] Er muss es also verstehen, das lodernde Feuer, das im Kamin aufflammt, wieder zu löschen, denn nichts ist beruhigender für einen Ehemann als die Ruhe nach dem Sturm der Sinneslust. Er tut gut daran, die Gemahlin bisweilen etwas schmachten zu lassen, und da kommt die kulinarische Wissenschaft wie gerufen.

Zunächst einmal, rät unser Romancier dem Ehemann, bemesse er seiner Frau die Kost und erhebe niemals Einwände gegen jene treffliche Theorie, der zufolge man sich durch wenig Essen eine schlanke Taille bewahrt. Er gebe ihr frisches und geruchloses Gemüse wie Gurken, Melonen, Kopfsalat und Portulak, »farbenprangende Früchte, etwas Kaffee, etwas duftende Schokolade, Orangen, Atalantas goldene Äpfel, Datteln aus Arabien, Brüsseler Gebäck«, eine »gesunde und liebliche Nahrung«, die sie vor gefährlichen Aufwallungen bewahren wird.[138] Vor allem aber beleidige er »ihren zarten Magen und ihren göttlichen Mund nicht dadurch, dass sie derbe Stücke Rindfleisch oder riesige Hammelschlegel zu Chylus verarbeiten müsste«.[139] – Chylus, das sei den Lesern, die in der kulinarischen Wissenschaft nicht so bewandert sind, mit auf den Weg gegeben, ist die fetthaltige Lymphe aus dem Verdauungstrakt. – Er ersetze das allzu energiereiche Lamm durch weißes Geflügel und achte darauf, dass seine Frau kein Wasser trinkt! Er wäre verloren! Warum? Weil Wasser an stürmische Bewegung erinnert, weil es die Schleusen der Sehnsucht öffnet und, »mit einer Hand ihr bis zum Knie aufgerafftes Kleid haltend«, das Begehren weckt. Das Getränk der Gemahlin sei leicht mit einem wohlschmeckenden, aber nicht tonischen Burgunderwein gefärbtes Wasser; jeder andere Wein wäre von Übel, ausgenommen der Champagner, der einzige, den eine Frau trinken kann, ohne an Eleganz zu verlieren.

Man könnte all diese Betrachtungen wohl für einen Scherz halten, fänden sich nicht in Balzacs Briefen an seine geliebte Madame Hanska ähnlich überraschende Empfehlungen zur Gesundheits- und Schönheitspflege. Nur dunkles und gebratenes Fleisch schreibt er ihr vor, was allerdings dem Vorzug des weißen Geflügels für die Damen widerspricht. Etwas vernünftiger legt er ihr ans Herz, es mit Konfitüren und Konfekt nicht zu übertreiben, das seien Reizmittel, vor denen man sich hüten müsse. Er verbietet ihr den Milchkaffee und sogar das Teetrinken ohne ein Wort der Erklärung. Freilich verflucht er unentwegt die schädigenden Wirkungen des vielen Kaffees, nach dem er beim Arbeiten geradezu süchtig ist, auf seinen Magen und breitet sich über die Wohltaten von Milch, Öl und Zitrone für den Teint oder für die Haare aus. Morgens, rät er, solle man sich das Gesicht mit Zitronensaft waschen und es nicht abtrocknen, dafür zur Nachtpflege Milch verwenden.

»Vor dem Schlafengehen waschen Sie sich Stirn und Schläfen mit etwas dicker, fast cremiger Milch, und danach belassen Sie eine dünne Schicht, die wie *Cold Cream* mit dem Finger aufgetragen wird, denn man sagt, diese einfache Vorsichtsmaßnahme bringe entstandene Falten zum Verschwinden, sie bewahre der Haut ihre ganze Frische und wirke den Schmähungen der Zeit entgegen. Dies, liebe Eva, ist die Entdeckung einer Nonne, genau wie das Olivenöl, welches man auf den Haaransatz gibt, damit es nicht weiß werde, einer Nonne aus Genua zu danken ist. So kann man die Falten im fortgeschrittenen Alter zwar nicht verhindern, aber man bleibt zehn Jahre länger frisch, und zehn Jahre gewonnene Jugend sind nicht zu verachten, obwohl Sie gut aussehen, wie Sie sind«,[140] schließt er galant. An all diesen Erwägungen zeigt sich, dass Ernährung, Schönheit, Luxus und Liebe in Balzacs Denken eng miteinander verbunden sind. Er beweist es andersherum, indem er die Frau, die sich der fleischlichen Liebe verweigert, vor Hunger sterben lässt.

Liebeshunger ist das ganze Drama der Henriette de Mortsauf, jener Dame mit den schönen Schultern aus *Die Lilie im Tal*, von der am Anfang dieses Kapitels die Rede war. Die Wahl des Vornamens ist nicht uninteressant. Es ist der Name der Herzogin von Castries, die Balzac erlaubte, ihr stürmisch den Hof zu machen, »ihm aber nie gab, was sie versprochen hatte«.

Madame de Mortsauf, die traurige Heldin des komplexesten Romans der *Menschlichen Komödie*, Gattin eines schwierigen, kranken, wahrscheinlich von Syphilis befallenen Ehemanns, ist jedoch keine Kokette und auch kein Lockvogel, sondern eine tugendhafte fromme Dame – Eigenschaften, die nicht notwendig zum Glück führen, weder zu ihrem eigenen noch zu dem der anderen. Sie empfängt den seit dem Ballabend rettungslos in sie verliebten jungen Felix auf Clochegourde, ihrem Schloss in der Touraine. Die Episode seiner aggressiven Küsse stillschweigend übergehend, ohne sich einzugestehen, wie sehr die Erinnerung daran sie immer noch verwirrt, lässt sie ihn an ihrem Leben teilhaben. Und langsam richtet er sich darin ein. Der hitzköpfige Ehemann wird besänftigt; die Kinder lieben Felix über alles, und seine Gegenwart macht das Leben der schönen Henriette erträglicher, aber die Angebetete zwingt ihn in die Rolle eines älteren Sohnes, indem sie ihm jedes zärtliche Wort, jede verliebte Geste verbietet. Nur die Sprache der Blumen ist Felix erlaubt, und so komponiert er für Henriette symbolische Sträuße: »Über den weißen Büscheln, wie sie dem Sedum der Tourainer Weinberge eigen sind, Ahnung der begehrten Formen, eingerollt gleich denen einer unterwürfigen Sklavin, ... reckt sich ein wundervoll gefüllter Mohn zwischen den zum Bersten reifen Kapseln ... und darunter endlos rieselnder Pollenstaub.«[141] Blumengedichte, deren Bedeutung Henriette sehr wohl begreift, die sie aber dennoch erfreut entgegennimmt.

Felix beugt sich ihrem Willen. Die beiden haben eine äußerst intensive, wenn auch schmerzliche Beziehung, da jegliches Ventil fehlt. Ein einziges Mal lässt Henriette sich zu einer Zärtlichkeit hinreißen: Sie gewährt ihm das Du, diese Liebkosung der Stimme. Es geschieht während der Weinlese, einer Zeit der Fülle, des Überflusses, der »freudigen Krönung des eingebrachten Festmahls«. Das Haus ist voller Menschen und Vorräte. In einem großzügigen und gut geführten Haus wie dem von Madame de Mortsauf werden die Weinleser ohne Knauserei verköstigt, und das hebt die allgemeine Stimmung. Die Mädchen verbreiten fröhliches Gelächter, die angeregten Küfer singen bei jeder Gelegenheit in dem Wissen, dass ein schöner Abend winkt. Felix und die Kinder haben teil an diesem Fest und füllen ihre Körbe mit herrlichen Trauben. Sie laufen zu Madame de Mortsauf, damit sie die Pracht bewundere, und in diesem Moment streicht sie ihm, als wäre er ihr Kind, »mit der Hand über den Hals, dann über das Haar« und sagt: »Du bist ja schweißgebadet!« Doch Felix weiß sehr wohl, dass sie nicht weiter gehen wird, dass sie sich von dem Liebeshauch, der all die jungen Gemüter um sie her erhitzt, nicht anwehen, sich nicht in die »bacchantische Erregung« dieser letzten schönen Tage der warmen Jahreszeit versetzen lassen wird. Schweigend kehrt er zu den Weinstöcken zurück und kostet

»die unaussprechliche Freude einer körperlichen Arbeit, die das Leben ins Gleichgewicht bringt«, erfährt am eigenen Leib, »welche Weisheit die gleichförmige Arbeit enthält«, und behauptet, nun »die Regeln des Mönchtums« zu begreifen.[142] Vielleicht begreift er sie tatsächlich, aber er handelt nicht danach.

Er reist ab, verlässt »den Engel«, um in Paris Karriere zu machen, und dort begegnet er einer wahren Femme fatale, Lady Dudley. Die Engländerin ist alles andere als schüchtern. »Sie wollte Pfeffer, Scharfes, um ihr Herz zu weiden, genau wie die Engländer brennende Würze verlangen, damit sie etwas schmecken ... Gleich einer Löwin, die im Maul eine Beute in ihre Höhle schleppt«,[143] macht sie sich über den jungen Mann her. Er lässt sich lieben, entdeckt neue Quellen der Lust, was seinem Verhältnis zu der göttlichen Henriette aber keinen Abbruch tut, zumindest glaubt er das in seiner männlichen Unschuld. Doch in Balzacs Welt bleibt nichts verborgen. Durch eine absichtliche Indiskretion seiner eigenen Mutter erfährt Henriette von der Liaison und fällt in eine besorgniserregende Mattigkeit. Felix eilt herbei, sieht die Angebetete wieder und stellt konsterniert fest, dass die Frau, die ihm zu Beginn des Romans wie ein Paradiesapfel erschienen war, abgestorben ist »wie eine Frucht, die fleckig wird und, durch einen Wurm von innen her zerfressen, vorzeitig verblasst«.[144] Ihre trockenen Augen haben einen seltsamen Glanz, desgleichen die strohgelbe Färbung ihrer Stirn. Sie bereitet ihm einen kühlen Empfang, kann aber ihre Unruhe und Neugierde bezüglich Lady Dudleys, dieser Frau, die ihre Kinder verlassen hat und den mondänen Konventionen trotzt, um sich Felix ganz hinzugeben, nicht lange zügeln.

Sie begreift den Mut der Engländerin und ist bestürzt: »Die Welt war plötzlich auf den Kopf gestellt, ihre Gedanken verwirrten sich; von der Gewalt dieses Gefühls ergriffen und ahnend, dass nur das Glück ein derartiges Opfer rechtfertigen konnte, in sich selbst die Schreie ihres aufbegehrenden Fleisches hörend, stand sie perplex vor ihrem verfehlten Leben.«[145] Die Offenbarung geht weiter. In ihrer Unschuld hatte sie sich vorgestellt, Felix bleibe ihr treu, er habe »dieselbe Tugend wie ein Priester« oder wie der unglückselige, vom Ehebett ferngehaltene Monsieur de Mortsauf, dem seine tugendhafte Frau nicht die geringste Linderung verschafft. Sie sei zu dämlich, um sich dazu etwas einfallen zu lassen, vertraut der Gatte dem jungen Mann in einer schwachen Stunde an.

Balzac verteidigte sich gegen die Vorwürfe der eifersüchtigen Madame Hanska mit der Behauptung, anhaltende Keuschheit lasse die Männer verblöden. Felix wird dramatischer, denn er erklärt: »Der Nahrung beraubt, die das Herz ernähren muss, zehrt es sich selber auf. Es fühlt eine Erschöpfung, die nicht der Tod ist, aber ein Zustand, der dem Tod vorausgeht. Die Natur lässt sich nicht täuschen.«[146] Dabei weiß er nicht, wie wahr er spricht. Die Natur wird sich mit Gewalt, mit tödlicher Gewalt an Henriette rächen.

Der junge Mann nimmt in Paris seinen Dienst beim König wieder auf. Ein paar Monate sind vergangen, als er plötzlich erfährt, Madame de Mortsauf liege im Sterben. Er nimmt Urlaub und hastet nach Clochegourde. Auf dem Weg, der zum Schloss hinaufführt, trifft er den Arzt, der ihm die Nachricht bestätigt. »Sie stirbt eines schrecklichen Todes, sie erleidet einen Hungertod ..., sie wird hungers sterben. Seit vierzig

Tagen weist der gleichsam verschlossene Magen jegliche Nahrung zurück.«[147] Der Arzt hat wohl gemerkt, dass sie an Kummer stirbt, aber es ist ihm unmöglich, den Grund herauszufinden. Allem Anschein nach entspricht ihr Übel genau der Theorie ihres Ehemanns, der zufolge alle Gemütserregungen auf den Magen schlagen – eine Theorie, die Felix in glücklicheren Zeiten veranlasst hatte, ihm lächelnd zu antworten: »Dann gehen die Herzensmenschen also am Magen zugrunde?«[148]

In Wirklichkeit ist es weniger Felix' Untreue, die Henriette tötet, als ihr Zorn darüber, dass er es nicht verstanden hat, ihr Begehren zu erahnen und die Schranke ihres Verbots zu durchbrechen. Sie stirbt an der Erkenntnis, dass ihr durch die hartnäckige Ablehnung der Liebe das Wichtigste im Leben entgangen ist, und Balzac, der den Hunger und den Durst in ihrer elementarsten, instinktiven und brutalen Form mit der Entbehrung von Liebesgenüssen verbindet, lässt die ausgehungerte Sterbende bei ihrer letzten Begegnung mit dem Mann, den sie immer geliebt hat, sagen: »Ich will leben. Ist es möglich, dass ich sterbe, ich, die ich nie gelebt habe?« Durch die offenen Fenster hört sie das Stimmengewirr der Weinlese und schreit: »Felix, die Weinleserinnen gehen essen und ich, ich . . ., die ich die Herrin bin, ich habe Hunger. Genauso ist es mit der Liebe, die da draußen, sie sind glücklich!«[149]

Mit Balzac hält das Essen in seiner ganzen Vielfalt Einzug in die Literatur. Abschweifungen über den Preis einer Tasse Kaffee, über die Langeweile, die eine Aalpastete verströmt, über den Genuss eines Tellers frischer Erbsen oder den unwiderstehlichen Reiz eines Schokoladenpralinees wären vor ihm undenkbar gewesen. In seinem Gefolge haben Flaubert, Zola, Maupassant und dann Proust ihrem Appetit freien Lauf gelassen. »Nie habe ich Dich so geliebt, Ozeane aus Sahne hatte ich in der Seele«,[150] schreibt Flaubert an seine Geliebte Louise Colet. Balzac hätte zu dieser Erklärung applaudiert.

Nachweise

Alle Seitenangaben zu Zitaten aus Balzacs Romanen und Erzählungen beziehen sich im französischen Original auf die kritische Gesamtausgabe der *Comédie Humaine*, Édition Furne (1842-1855), die dank einer Zusammenarbeit zwischen der Maison de Balzac und der Gruppe ARTFL von der Universität Chicago im Internet verfügbar ist. In der deutschen Fassung wird für die Seitenverweise die bei Diogenes, Zürich 1977, erschienene Ausgabe der *Menschlichen Komödie* zugrunde gelegt, um dem deutschen Leser eine Orientierung zu ermöglichen; die Übersetzung der im vorliegenden Text wiedergegebenen Zitate erfolgt in Anlehnung an diese Ausgabe, da eine wortgetreue Übernahme um der sprachlichen Genauigkeit und Einheitlichkeit willen nicht möglich war.

1 Léon Gozlan, *Balzac en Pantoufles*, Maisonneuve et Larose, Paris 2001, S. 26; dt. *Balzac intim*, übers. von Ossip Kalenter, Diogenes, Zürich 2007, S. 18 f.

2 Honoré de Balzac, *Lettres à Madame Hanska*, Laffont, Paris 1990, Bd. II, S. 400.

3 Honoré de Balzac, »Physiologie gastronomique«, Ollendorf, Paris 1902, S. 156; dt. »Physiologie der Esskultur«, in: Honoré de Balzac, *Caffee, Thee, Tabac*, übers. von Gerda Gensberger, Manholt, Bremen 1993, S. 77-79.

4 Brief an Sophie und Valentine Surville, 30. April 1849, Honoré de Balzac, *Correspondance*, Paris 1960, Bd. V, S. 461.

5 André Maurois, *Prométhée ou La Vie de Balzac*, Hachette, Paris 1965, S. 14; dt. *Prometheus oder Das Leben Balzacs*, übers. von Ernst Sander und Bruno Berger, Econ, Wien/Düsseldorf 1966, S. 19.

6 *Le Lys dans la Vallée*, S. 249; dt. *Die Lilie im Tal*, übers. von Charlotte Braun-Wogau, Bd. XXXIV, S. 13 f.

7 *Louis Lambert*, S. 110; dt. *Louis Lambert*, übers. von Emmi Hirschberg, Bd. XXXVI, S. 239.

8 *Colonel Chabert*, S. 4; dt. *Oberst Chabert*, übers. von Ernst Weiss, Bd. XI, S. 11.

9 *Facino Cane*, S. 61; dt. *Facino Cane*, übers. von Max Krell, Bd. VII, S. 228.

10 *La Cousine Bette*, S. 180; dt. *Tante Lisbeth*, übers. von Paul Zech, Bd. XXV, S. 336.

11 Ebenda, S. 181; dt. S. 339.
12 *Lettres à Madame Hanska*, a. a. O., Bd. I, S. 337.
13 Léon Gozlan, *Balzac en Pantoufles*, a. a. O., S. 52; dt. S. 49.
14 Ebenda, S. 28; dt. S. 21.
15 *Les Paysans*, S. 715; dt. *Die Bauern*, übers. von Hugo Kaatz, Bd. XXXI, S. 401.
16 Honoré de Balzac, »Traité des Excitants modernes«, Ollendorf, Paris 1902, S. 82; dt. »Abhandlung über die modernen Reizmittel«, in: *Caffee, Thee, Tabac*, a. a. O., S. 44 f.
17 *Lettres à Madame Hanska*, a. a. O., Bd. I, S. 200.
18 Ebenda, Bd. I, S. 313.
19 Edmond Werdet, *Portrait intime de Balzac*, Paris 1879, S. 253 ff.
20 *Lettres à Madame Hanska*, a. a. O., Bd. I, S. 459.
21 Léon Gozlan, *Balzac en Pantoufles*, a. a. O., S. 27; in deutscher Fassung gekürzt.
22 *Lettres à Madame Hanska*, a. a. O., Bd. I, S. 869; Véry war das große Pariser Moderestaurant.
23 *Honorine*, S. 346; dt. *Honorine*, übers. von Paul Mayer, Bd. VII, S. 7.
24 Ebenda, S. 347; dt. S. 8.
25 *Modeste Mignon*, S. 134; dt. *Modeste Mignon*, übers. von Friedrich Sieburg, Bd. III, S. 42.
26 Ebenda, S. 254; dt. S. 221.
27 *La Fille aux Yeux d'Or*, S. 262; dt. *Das Mädchen mit den Goldaugen*, übers. von Victor von Koczian, Bd. XIX, S. 420.
28 C. Gardeton, zit. bei Jean-Paul Aron, *Essai sur la Sensibilité alimentaire à Paris au XIXe siècle*, Armand Colin, Paris 1967, S. 19.
29 *Illusions perdues*, S. 133 f.; dt. *Verlorene Illusionen*, übers. von Otto Flake, Bd. XVIII, S. 230.
30 Siehe Emmanuel de Waresquiel, *Cent Jours: La Tentation de l'Impossible, mars-juillet 1815*, Fayard, Paris 2008, S. 356.
31 *Revue d'Histoire littéraire de la France*, Okt.-Dez. 1953, S. 479. Madame Hugo kritzelte auf Balzacs Brief: »Antwort nicht nötig, ich habe dich verpflichtet.«
32 Jean-Paul Aron, *Le Mangeur du XIXe siècle*, Robert Laffont, Paris 1973, S. 50; dt. *Der Club der Bäuche. Ein gastronomischer Führer durch das Paris des 19. Jahrhunderts*, übers. von Susanne Lüdemann, Stuttgart 1989, S. 51.
33 *La Fille aux Yeux d'Or*, S. 272; dt. *Das Mädchen mit den Goldaugen*, Bd. XIX, S. 437.

34 *Un Début dans la Vie,* S. 516; dt. *Der Eintritt ins Leben,* übers. von Rosa Schapire, Bd. XII, S. 400 f.

35 *Illusions perdues,* S. 127 f.; dt. *Verlorene Illusionen,* Bd. XVIII, S. 220.

36 *Cousine Bette,* S. 336; dt. *Tante Lisbeth,* Bd. XXV, S. 594.

37 *Le Cabinet des Antiques,* S. 172; dt. *Das Antiquitätenkabinett,* übers. von Paul Mayer, Bd. XVII, S. 279.

38 *Cousine Bette,* S. 336; dt. *Tante Lisbeth,* Bd. XXV, S. 595.

39 Fernand Lotte, »Balzac à Table«, in: *Année balzacienne,* Garnier, Paris 1962, S. 120.

40 Balzac, »Traité des Excitants modernes«, a. a. O., S. 72; dt. »Abhandlung über die modernen Reizmittel«, a. a. O., S. 26.

41 *Gambara,* S. 75; dt. *Gambara,* übers. von Heinrich E. Jacob, Bd. XXXVII, S. 8.

42 *Comédiens sans le savoir,* S. 156 ff.; dt. *Komödianten ohne es zu wissen,* übers. von Otto Flake, Bd. I, S. 169 f.

43 *La Muse du Département,* S. 757; dt. *Die Muse der Provinz,* übers. von Else von Hollander, Bd. XXIV, S. 346.

44 Léon Gozlan, *Balzac chez lui, Souvenir des Jardies,* Michel Levy frères, Paris 1862, S. 29.

45 *Illusions perdues,* S. 238 f.; dt. *Verlorene Illusionen,* Bd. XVIII, S. 388.

46 Ebenda, S. 154 ff.; dt. S. 265 ff.

47 Ebenda, S. 156; dt. S. 268.

48 *Le Père Goriot,* S. 304; dt. *Vater Goriot,* übers. von Rosa Schapire, Bd. X, S. 9.

49 Ebenda, S. 367 f.; dt. S. 107.

50 *Splendeurs et Misères des Courtisanes,* S. 557; dt. *Glanz und Elend der Kurtisanen,* übers. von Emil A. Rheinhardt, Teil I, Bd. XXII, S. 386.

51 *La Cousine Bette,* S. 49; dt. *Tante Lisbeth,* Bd. XXV, S. 104.

52 *La Peau de Chagrin,* S. 37; dt. *Die tödlichen Wünsche (Das Chagrinleder),* übers. von Emil A. Rheinhardt, Bd. XXXV, S. 68.

53 Ebenda, S. 38; dt. S. 70.

54 *La Vieille Fille,* S. 82; dt. *Die alte Jungfer,* übers. von Paul Mayer, Bd. XVII, S. 135.

55 *Ferragus,* S. 48; dt. *Ferragus,* übers. von Victor von Koczian, Bd. XIX, S. 81.

56 *La Peau de Chagrin,* S. 39; dt. *Die tödlichen Wünsche (Das Chagrinleder),* Bd. XXXV, S. 70 ff.

57 Ebenda, S. 49; dt. S. 85 f.

58 *Les Petits Bourgeois*, S. 212; dt. *Die Kleinbürger*, übers. von Hugo Kaatz, Bd. XXVIII, S. 144 f.

59 Ebenda, S. 225 f.; dt. S. 167.

60 Ebenda, S. 257; dt. S. 168 f.

61 *Gobseck*, S. 395; dt. *Gobseck*, übers. von Elise von Hollander, Bd. XXI, S. 131 f.

62 *L'Auberge Rouge*, S. 360; dt. *Das rote Wirtshaus*, übers. von Paul Mayer, Bd. XI, S. 299.

63 Ebenda, S. 360 f.; dt. S. 298 f.

64 *Histoire de la Grandeur et de la Décadence de César Birotteau*, S. 314; dt. *Cäsar Birotteaus Größe und Niedergang*, übers. von Hugo Kaatz, Bd. XX, S. 218.

65 Ebenda, S. 320; dt. S. 228 f.

66 *La Cousine Bette*, S. 137; dt. *Tante Lisbeth*, Bd. XXV, S. 263.

67 *La Maison du Chat-qui-pelote*, S. 43; dt. *Das Haus zur ballspielenden Katze*, übers. von Otto Flake, Bd. I, S. 24.

68 »Petites Misères de la Vie conjugale«, S. 61; dt. »Die kleinen Nöte des Ehelebens«, übers. von Ernst Sander, in: *Die Menschliche Komödie*, hg. von Ernst Sander, W. Goldmann Verlag, München 1972, Bd. 12, S. 1200 f.

69 *La Cousine Bette*, S. 48; dt. *Tante Lisbeth*, Bd. XXV, S. 103.

70 Ebenda, S. 49; dt. S. 104 f.

71 *Le Médecin de Campagne*, S. 457; dt. *Der Landarzt*, übers. von Emmi Hirschberg, Bd. XXXII, S. 262.

72 *La Cousine Bette*, S. 138 f.; dt. *Tante Lisbeth*, Bd. XXV, S. 265 f.

73 *Lettres à Madame Hanska*, a. a. O., Bd. II, S. 792.

74 *Histoire de la Grandeur et de la Décadence de César Birotteau*, S. 263; dt. *Cäsar Birotteaus Größe und Niedergang*, Bd. XX, S. 133.

75 *La Vieille Fille*, S. 66; dt. *Die alte Jungfer*, Bd. XVII, S. 109.

76 *Le Cousin Pons*, S. 425; dt. *Vetter Pons*, übers. von Otto Flake, Bd. XXVI, S. 84.

77 *Splendeurs et Misères des Courtisanes*, S. 388; dt. *Glanz und Elend der Kurtisanen*, Teil I, Bd. XXII, S. 96.

78 *La Rabouilleuse*, S. 184 f.; dt. *Junggesellenwirtschaft*, übers. von Franz Hessel, Bd. XVI, S. 191.

79 *Les Paysans*, S. 20; dt. *Die Bauern*, Bd. XXXI, S. 19 f.

80 Ebenda, S. 515; dt. S. 67.

81 Ebenda, S. 663; dt. S. 313.

82 Ebenda, S. 666; dt. S. 318.

83 Ebenda, S. 669; dt. S. 323 f.
84 Ebenda, S. 668; dt. S. 322.
85 *Le Médecin de Campagne,* S. 329; dt. *Der Landarzt,* Bd. XXXII, S. 47.
86 Ebenda, S. 328 f.; dt. S. 45 ff.
87 Ebenda, S. 413; dt. S. 187.
88 *La Vieille Fille,* S. 38; dt. *Die alte Jungfer,* Bd. XVII, S. 65.
89 Ebenda, S. 50 f.; dt. S. 99 f.
90 Ebenda, S. 66; dt. S. 109 f.
91 *La Rabouilleuse,* S. 209; dt. *Junggesellenwirtschaft,* Bd. XVI, S. 227.
92 Ebenda, S. 209; dt. S. 228.
93 *Eugénie Grandet,* S. 305; dt. *Eugénie Grandet,* übers. von Mira Koffka, Bd. XIV, S. 176.
94 Ebenda, S. 344; dt. S. 242.
95 Ebenda, S. 211; dt. S. 16.
96 »Petites Misères de la Vie conjugale«, S. 44; dt. »Die kleinen Nöte des Ehelebens«, a. a. O., Bd. XII, S. 1180 f.
97 »Physiologie du Mariage«, S. 597 f.; dt. »Physiologie der Ehe«, übers. von Heinrich Conrad, in: *Die Menschliche Komödie,* hg. von Ernst Sander, a. a. O., Bd. 12, S. 1084 f.
98 *Béatrix,* S. 55; dt. *Béatrix,* übers. von Viktor von Koczian, Bd. VIII, S. 419 f.
99 Ebenda, S. 44 f.; dt. S. 397.
100 *La Muse du Département,* S. 457; dt. *Die Muse der Provinz,* Bd. XXIV, S. 314.
101 *Albert Savarus,* S. 408; dt. *Albert Savarus,* übers. von Max Krell, Bd. IV, S. 9.
102 *Le Message,* S. 370; dt. *Der Auftrag,* übers. von Hugo Kaatz, Bd. VI, S. 190.
103 *Le Père Goriot,* S. 398; dt. *Vater Goriot,* Bd. X, S. 158.
104 *La Rabouilleuse,* S. 170; dt. *Junggesellenwirtschaft,* Bd. XVI, S. 170.
105 Ebenda, S. 178; dt. S. 181.
106 Ebenda, S. 177; dt. S. 179.
107 Ebenda, S. 185; dt. S. 191.
108 Ebenda, S. 176; dt. S. 178.
109 Ebenda, S. 192; dt. S. 202.
110 *Le Cousin Pons*, S. 391; dt. *Vetter Pons*, Bd. XXVI, S. 27.
111 Ebenda, S. 380; dt. S. 7.
112 Ebenda, S. 388; dt. S. 21.
113 Ebenda, S. 382; dt. S. 10.

114 Ebenda, S. 391; dt. S. 26 f.
115 Ebenda, S. 388; dt. S. 22.
116 Ebenda, S. 389; dt. S. 23 f.
117 Ebenda, S. 389; dt. S. 24.
118 Ebenda, S. 392; dt. S. 28.
119 Ebenda, S. 394; dt. S. 32.
120 Ebenda, S. 388 f.; dt. S. 22 f.
121 Ebenda, S. 391; dt. S. 27 f.
122 Ebenda, S. 424; dt. S. 83.
123 Ebenda, S. 424 f.; dt. S. 83 f.
124 Ebenda, S. 440; dt. S. 112.
125 Ebenda, S. 441; dt. S. 112.
126 *Un Début dans la Vie*, S. 522; dt. *Der Eintritt ins Leben*, Bd. XII, S. 379.
127 Ebenda, S. 525 f.; dt. S. 384 f.
128 *Le Lys dans la Vallée*, S. 259; dt. *Die Lilie im Tal*, Bd. XXXIV, S. 31.
129 *Les Employés ou la Femme supérieure*, S. 272; dt. *Die Beamten*, übers. von Charlotte Stucke-Kornfeld, Bd. XVII, S. 406 f.
130 *La Cousine Bette*, S. 152; dt. *Tante Lisbeth*, Bd. XXV, S. 292.
131 Ebenda, S. 253; dt. S. 466.
132 »Physiologie du Mariage«, S. 597 f.; dt. »Physiologie der Ehe«, a. a. O., S. 805.
133 Ebenda, S. 351; dt. S. 780.
134 Ebenda, S. 372; dt. S. 805.
135 *Béatrix*, S. 414; dt. *Béatrix*, Bd. VIII, S. 223.
136 »Physiologie du Mariage«, S. 390; dt. »Physiologie der Ehe«, a. a. O., S. 826.
137 *Une Fille d'Ève*, S. 216; dt. *Eine Evatochter*, übers. von Friedrich von Oppeln-Bronikowski, Bd. V, S. 116.
138 »Physiologie du Mariage«, S. 451; dt. »Physiologie der Ehe«, a. a. O., S. 902 f.
139 Ebenda.
140 *Lettres à Madame Hanska*, a. a. O., Bd. I, S. 863.
141 *Le Lys dans la Vallée*, S. 327; dt. *Die Lilie im Tal*, Bd. XXXIV, S. 137 f.
142 Ebenda, S. 331; dt. S. 143 f.
143 Ebenda, S. 408 und 412; dt. S. 259 und 264.
144 Ebenda, S. 419; dt. S. 272 f.
145 Ebenda, S. 423; dt. S. 278.
146 Ebenda, S. 424; dt. S. 280.

147 Ebenda, S. 455; dt. S. 324.
148 Ebenda, S. 418; dt. S. 271.
149 Ebenda, S. 465; dt. S. 338.
150 Gustave Flaubert, *Die Briefe an Louise Colet*, übers. von Cornelia Hasting, Zürich 1995, Brief vom 9. Juni 1852, S. 442.

Szenen einer Ehe

Lew Tolstoj und seine Frau Sofja führten während ihrer fünfzigjährigen Ehe einen ausgedehnten Briefwechsel. Diese Briefe geben Einblicke in das Alltags- und Familienleben der Tolstojs und in die Entstehung von Tolstojs großen Werken wie *Krieg und Frieden*, *Anna Karenina*, *Die Auferstehung* oder *Die Kreutzersonate*. Vor allem aber sind sie Dokument einer großen und zugleich schwierigen Liebe.

»Die Briefe der Tolstojs können wie ein packender Roman gelesen werden. Zwei höchst intelligente Menschen streiten über die Liebe, die Politik und das Leben. Kein Wort hat hier an Aktualität oder Dringlichkeit eingebüßt. Man leidet mit und lernt.« *ORF*

»Die Briefe lesen sich wie eine innere Biographie dieses Paares. Sehnsucht, Streit: Es war was los in dieser Ehe.« *Die Tageszeitung*

Lew Tolstoj – Sofja Tolstaja, Eine Ehe in Briefen.
Herausgegeben und aus dem Russischen übersetzt von Ursula Keller und Natalja Sharandak. insel taschenbuch 4086. 493 Seiten

NF 106/1/11.11

NF 105/1/11.11

Goethes große, geheime Liebe

Marianne von Willemer (1784-1860) war eine intelligente junge Frau und begabte Dichterin. Sie teilte nicht nur Goethes Liebe zum Orient, sondern antwortete seinen leidenschaftlichen Versen mit eigenen Liebesgedichten. Sie inspirierten sich gegenseitig in ihrem dichterischen Schaffen, als »Suleika« verfaßte sie sogar einige der schönsten Gedichte des *West-östlichen Divan*. Marianne wäre wohl zu jeder Verbindung mit Goethe bereit gewesen, aber sie war die Frau seines Freundes Johann Jakob von Willemer …

Dagmar von Gersdorff erzählt die Geschichte der beeindruckenden Marianne von Willemer – und die Geschichte ihrer großen Liebe zu Goethe.

Dagmar von Gersdorff, Marianne von Willemer und Goethe. Geschichte einer Liebe. Mit zahlreichen Abbildungen. insel taschenbuch 4059. 302 Seiten

Eine lesbische Amour fou

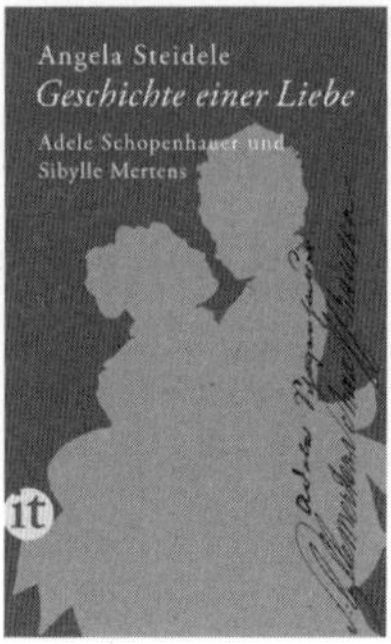

Adele Schopenhauer, Schriftstellerin, Künstlerin und Schwester des Philosophen Arthur Schopenhauer, und die »Rheingräfin« Sibylle Mertens-Schaaffhausen verband eine Liebesbeziehung, die leidenschaftlicher, turbulenter und skandalöser nicht hätte sein können.

»Die Geschichte dieser beiden ist eine der ganz großen Liebesgeschichten, wie sie in diesem Format – mal melodramatisch, mal opernhaft, mal von singspielartiger Komik, voll von bösen Kindern oder Brüdern, missgünstigen Erben und großzügigen Revolutionären, mit Schauplätzen in Weimar, Rom und Köln, mit Umsturz, Bankrott und italienischen Höhepunkten – wohl nur das 19. Jahrhundert hervorbrachte.«

Jens Bisky, Süddeutsche Zeitung

Angela Steidele, Geschichte einer Liebe: Adele Schopenhauer und Sibylle Mertens. insel taschenbuch 4031.
334 Seiten

Die fabelhafte Welt des Jean-Marie

Eigentlich will Jean-Marie zur See fahren. Aber dann improvisiert er für eine englische Baronin eine Mahlzeit. Und die trägt ihm eine Empfehlung an ein altehrwürdiges 3-Sterne-Restaurant in Paris ein. Dort tafeln Aristokratinnen und Anarchisten, große und kleine Ganoven, Mätressen und Maharadschas. Noch interessanter geht es aber in der Küche zu – hier begegnet Jean-Marie der wahren Liebe seines Lebens.

Köstlich und leicht wie ein Soufflé, lebensklug und witzig wie ein Tischnachbar im Paradies: die Geschichte eines jungen Mannes, der nach Paris kommt und dort leben, lieben und kochen lernt – nur nicht in dieser Reihenfolge.

Idwal Jones, Die Sterne von Paris. Ein Roman der kulinarischen Abenteuer. Aus dem Englischen von Andrea Fischer. insel taschenbuch 4021. 223 Seiten

»Hab den Mut zu leben, denn sterben kann jeder.«

Als Frida ein kleines schwarzes Notizbuch geschenkt bekommt, ahnt sie noch nicht, wofür sie es eines Tages benötigen wird. Auf der ersten Seite steht die Widmung: »Hab den Mut zu leben, denn sterben kann jeder.« Und Frida hat Mut. Sie trotzt den vielen persönlichen Rückschlägen und nimmt sich vom Leben, was sie will. Doch Frida lebt geborgte Tage. Ihr schmerzender Körper erinnert sie stets an ein Geheimnis, das sich in ihrem Notizbuch offenbart: Vor Jahren schloss sie einen Pakt mit einer geheimnisvollen Gestalt, die sie fortan begleitet, bis eines Tages der Zeitpunkt einer letzten Zusammenkunft bevorsteht …

Das geheime Buch der Frida Kahlo ist ein fesselnder Roman, der die geheimnisvolle Seite des extremen Lebens der Künstlerin schildert, aber auch ein kulinarischer Roman, mit vielen raffinierten, persönlichen Kochrezepten von Frida Kahlo.

Francisco Haghenbeck, Das geheime Buch der Frida Kahlo. Roman. Aus dem Spanischen von Maria Hoffmann-Dartevelle. insel taschenbuch 4001. 282 Seiten